新时代青少年
成长文库

普希金抒情诗集
А.С. ПУШКИН
СТИХОТВОРЕНИЯ

［俄］普希金 ———— 著
高　莽　刘文飞 ———— 译

中国青年出版社

前　言

　　普希金 1799 年 6 月 6 日生于莫斯科。其父是世袭贵族，爱好文学，拥有许多藏书，与当时的文化界交往颇多，这对幼小的普希金是有影响的。其母是著名的"彼得大帝的黑孩子"阿勃拉姆·汉尼拔的孙女，因此，被称为俄罗斯民族诗人的普希金，身上却流淌着八分之一的非洲血液。1811 年，普希金被送进彼得堡的皇村学校，在一次文学课升级考试中，普希金当众朗诵《皇村的回忆》一诗，引得出席考试的老诗人杰尔查文大为感动，并预言了一个新的诗歌天才的诞生。普希金自皇村学校毕业后来到彼得堡，在俄国外交部任十等文官，但他将主要精力放在诗歌写作上，在 1820 年以长诗《鲁斯兰与柳德米拉》引起巨大轰动，当时俄国诗坛的泰斗茹科夫斯基读了长诗后大为感动，他送一张自己的画像给普希金，并在画像下方写下这样一行文字："战败的老师赠给获胜的学生。"此后不久，普希金写作的一组充满强烈反专制色彩的"自由诗作"，如《自由颂》《致恰达耶夫》等，引起官方不满，诗人被流放到俄国南方，后又转至其父母在普斯科夫省的庄园米哈伊洛夫斯科耶，这就是他一生中所谓"南方流放时期"和"北方流放时期"。但正是在流放中，普希金写出了大量诗歌杰作，如我们这本《普希金抒情诗集》中收入的《致大海》《致克恩》《如果生活将你欺骗》等。1825 年俄国十二月党人起义之后，普希金获新沙皇尼古拉一世赦免，回到莫斯科。自此时起，普希金在写诗的同时也开始散文创作，相继写出《别尔金小

I

说集》《杜勃罗夫斯基》《大尉的女儿》《黑桃皇后》等小说名篇，以及诗体长篇小说《叶夫盖尼·奥涅金》、剧作《鲍里斯·戈都诺夫》等，从而为俄国文学中几乎每一种体裁的发展都奠定了基础。1837年2月，为了维护自己的名誉，普希金向追求自己妻子的流亡俄国的法国人丹特斯提出决斗，他在决斗中负伤，数天后死去，年仅37岁。就在进行决斗的当天上午，普希金还在认真写作，他那颗文学的心脏一直跳动至他生命的最后一息。

普希金的诗歌创作富有变化，不同时期的抒情诗作呈现出某些不同的风格特征，但是在他的抒情诗中仍不难看出某些一致的诗歌主题。普希金是一个极具包容性的诗人，个人情感和社会生活，爱情和友谊，城市和乡村，文学和政治，祖国的历史和异乡的风情，民间传说和自然景致，等等，在他的抒情诗歌中都得到了反映，所有这些题材都像一缕缕平行的红线，自始至终贯穿在普希金的抒情诗创作中。

普希金首先是个生活的歌手，对爱情、友谊和生活的欢乐（以及忧愁）的歌咏构成了其诗歌最主要的内容之一。在其最初的诗作中，普希金就模仿巴丘什科夫等写起"轻诗歌"，后来，尽管忧伤的、孤独的、冷静的、沉思的、史诗的诗歌基因先后渗透进了普希金的抒情诗，但对于生活本身的体验和感受却一直是普希金诗歌灵感的首要来源。在普希金关于生活的抒情诗中，最突出的主题又是爱情和友谊。普希金最早的抒情诗《致娜塔莉娅》就是一首爱情诗，此后，普希金一生便从未停止爱情诗的写作，他一生写作的爱情诗有200余首，约占其抒情诗总数的四分之一。普希金生性多情，爱过许多女性，也曾为许多女性所爱，在他的抒情诗中曾闪现身影的女性就有十余位。将普希金的爱情诗和友情诗做一个比较，可以发现一些有趣的差异。首先，普希金的爱情诗几乎都主题单一，都是对情人的爱慕，关于爱的欢乐或忧伤的倾吐，可他的友情诗的主题却几乎都是复合型的，除了对友情的赞美、对往日的缅怀和对友人的祝愿外，其中大多要谈到诗歌和文学、社会和人生。比如，他的三首《致恰达耶夫》（1818，1821，1824）就不仅仅是写给朋友的友情诗作，而是面向同时代人的正义呼唤，是典型的公民诗歌和政治诗歌。其次，普希金的爱情诗大多短小精悍，很少超出30行，而友情诗则大多洋洋洒洒，一泻而下，例如，《致尤金》一诗就长达200余行。似乎，面对爱，普希金永远在小心翼翼地挑选最恰当、最精细的字眼，而面对友谊，他则可以毫无顾忌地高谈阔论，将心底的一切索性一吐为快。最后，他的友情诗多为直接、自然的诉说，很少结构或意境上的营造，而他的爱情诗却结构精巧，并常常利用某个细节或场景强化地、"曲折"地吐露心中的柔情。比如，心爱的人一次"你"和"您"的误称，情人送的一个护身符，一道躲避的目光，脸上的一丝羞怯，都会被敏锐的诗人作为细节用在自己的诗中；他曾写道，他愿意是美人沐浴的河中的波浪，是闻鼻烟的姑娘身上散落的烟丝……普希金的爱情诗和友情诗的这些差异，也许是由题材自身所决定的，但它在一定程度上也折射出了普希金对待爱情和友情、女伴和男友的不同态度。

普希金是一位公民诗人。他是爱情和友情不渝的歌手，但他绝不仅仅沉湎在情感的象牙塔中，历史和现实的事件在他的抒情诗中都有所反映，大至拿破仑和1812年卫国战争、希腊民族起义和俄土战争、波兰起义和西班牙革命，小至彼得的宴会、沙皇的凯旋、都市的沙龙和画展，都被普希金写进了他的抒情诗。如果仅有那些杰出的爱情诗和友情诗而没有这些现实题材的抒情诗，普希金也许就不成其为普希金了，而只是一位巴丘什科夫式的优秀抒情诗人，作为抒情诗人的普希金之伟大,正在于他空前地扩大了抒情诗的容量,他让抒情诗渗透进生活的各个层面,从而使抒情诗具有了广泛的社会影响,作为个人情感之抒发的抒情诗因而具有了社会意义。这一点,是普希金被公认为公民诗人的重要原因之一。

"诗歌"自身作为一个创作主题,在普希金的抒情诗中也占有重要地位。缪斯、灵感等"诗"的主题会为每一位诗人所诉诸,普希金也不例外。除了那些论及诗歌和创作的致友人诗外,普希金还写下一系列直接以此为题的抒情诗作,如《致诗友》(1814)、《缪斯》(1821)、《书商和诗人的谈话》(1824)、《诗人》(1827)、《诗人和民众》(1828)、《致诗人》(1830)等。将这些诗作和普希金在其他诗作中有关诗和诗人的论述结合起来看,可以归纳出这样几点:第一,诗人是一个严肃的职业。普希金公开发表的第一首诗就题为《致诗友》,这首诗是对同学丘赫尔别凯的讽刺,也是对做作的浪漫主义诗歌风格的否定。第二,诗人应该拥有创作自由。普希金对创作自由的呼吁和追求,通常是与个人自由和社会自由的理想联系在一起的,但在某些诗作中,他也对诗人的自由做了更坚决的捍卫。第三,诗人是先知,是富有使命感的。在《诗人》一诗中,普希金写道,当阿波罗没有要求诗人做出牺牲时,他也许比谁都渺小;但当他被赋予使命之后,他便会永远高昂着骄傲的头颅。第四,诗人与民众的对立。这一点在《诗人和民众》一诗中有鲜明的体现。长期以来,这一"对立"一直是普希金研究中的争论热点,这一问题也的确是把握普希金诗歌和人生态度的重要依据之一。问题的关键在于对"民众"的界定。20世纪前的普希金学者,多将"民众"等同于"人民",从而突出了普希金孤傲、超脱的人格精神;20世纪苏联的普希金学,为了确立普希金"人民诗人"的身份,便往往将"民众"理解为普希金周围那些敌视诗人的贵族和俗人。其实，普希金所言的"民众"自然不是全体俄罗斯人民，他在其他许多场合不止一次地使用过"人民"一词，并将人民作为其诗歌最崇高的对象（如《我为自己建起非人工的纪念碑》）；另一方面，普希金的"民众"所指的也不应该是少数与诗人为敌的人，它指的应该是某种多数，是普希金以另一种方式所言的"群氓"，他们的存在为诗人提供了一种"众人皆醉我独醒"的感觉。在普希金的"诗人和民众"的对立中，既有着对周围庸俗生活环境的蔑视，也有着先知式的不被理解的孤独，更有着对普通人的理想淡漠的痛心。

此外，在普希金抒情诗歌中较常出现的还有自然的主题和乡村的主题，源自民间文学的素材和对异域诗歌的仿作等；普希金的短诗中还包括大量讽刺诗和所谓的"自由译作"，即普希金根据外国诗人的诗歌主题或意境进行的再创作。

总体地看待普希金的抒情诗，我们认为，其特色主要就在于情绪的热烈和真诚、语言的丰富和简洁，以及形象的准确和新颖。抒情诗的基础是情，且是真诚的情。诗歌中的普希金和生活中的普希金一样，始终以一种真诚的态度面对读者和世界。无论是对情人和友人倾诉衷肠，是对历史和现实做出评说，还是对社会上和文学界的敌人进行抨击，普希金都不曾有过丝毫的遮掩和做作。在这一点上，普希金血液中涌动着的非洲人的激情、世袭贵族的荣誉感也许起到了某种作用，而面对诗歌的使命感和神圣感则无疑是更直接的原因。在对"真实感情"的处理上，普希金有两点尤为突出：第一，是对"隐秘"之情的大胆吐露。对某个少女一见钟情的爱慕，对自己不安分的"放荡"愿望的表达，普希金都敢于直接写在诗中。第二，是对忧伤之情的处理。普希金赢得许多爱的幸福，但他也许品尝到了更多爱的愁苦，爱和爱的忧伤似乎永远是同一枚硬币的两面。普希金一生都境遇不顺，流放中的孤独，对故去的同学和流放中的朋友的思念，对不幸命运和灾难的预感，时时穿插在他的诗作中。但令我们吃惊的是，普希金感受到了这些忧伤，写出了这些忧伤，但这些体现在诗中的忧伤却焕发出一种明朗的色调，使人觉得它不再是阴暗和沉重的了。诗人自己仿佛就是一个过滤网，就是一个转换器，他使忧伤纯净了，升华为具有普遍意义和美学价值的诗歌因素。

　　普希金抒情诗歌在语言上的成就，在其同时代的诗人中独占鳌头。一方面，普希金的诗歌语言包容进了浪漫的美文和现实的活词、传统的诗歌字眼和日常的生活口语、都市贵族的惯用语和乡野民间流传的词语、古老的教会斯拉夫语和时髦的外来词等，表现出极大的丰富性，通过抒情诗这一最有序、最有机的词语组合形式，他对俄罗斯民族语言进行了一次梳理和加工，使其表现力和生命力都有了空前的提高，正是在这个意义上，普希金不仅被视为俄罗斯民族文学的奠基人，而且也被视为现代俄罗斯语言的奠基人。普希金诗歌语言的丰富，还体现在其丰富的表现力和其自身多彩的存在状态上。严谨的批评家别林斯基在读了普希金的第一部诗集后，就情不自禁地也用诗一样的语言对普希金的诗歌语言做了这样的评价："这是怎样的诗啊！……俄罗斯语言一切丰富的声响、所有的力量都在其中得到了非常充分的体现。……它温柔，甜蜜，柔软，像波浪的絮语；它柔韧又密实，像树脂；它明亮，像闪电；它清澈、纯净，像水晶；它芳香，像春天；它坚定、有力，像勇士手中利剑的挥击。在那里，有迷人的、难以形容的美和优雅；在那里，有夺目的华丽和温和的湿润；在那里，有着最丰富的旋律，最丰富的语言和韵律的和谐；在那里，有着所有的温情，有着创作幻想和诗歌表达全部的陶醉。"另一方面，普希金的诗歌语言又体现出一种独特的简洁风格。人们常用来总结普希金创作风格的"简朴和明晰"，在其抒情诗歌的创作上有着更为突出的体现，在这里，它首先表现为诗语的简洁。普希金的爱情诗、山水诗和讽刺诗大多篇幅不长，紧凑的结构结合精练的诗语，显得十分精致；普希金的政治诗和友情诗虽然往往篇幅较长，但具体到每一行和每个字来看，则是没有空洞之感的。这牵涉到词和意义、诗语和思想的关系。有人认为，自从西梅翁·波洛茨基确立了俄语诗歌的音节诗体（17世纪后半期）、罗蒙诺索夫创建了俄语诗歌的音强音节诗体（18世纪初）后，俄语诗歌在形式规范化上的工作已经完成，但是在普希金之前，形式和内容、语言和思想的和谐统一似乎并未最终实现，一直存在着某种"音节过剩""词大于思想"的现象。直到出现了普希金，这一问题才得以解决，在普希金这里没有任何"多余的"词和音节，他善于在相当有限的词语空间里尽可能多地表达感情和思想，体现出高超的艺术简洁。果戈理在总结普希金的这一诗语特征时写道："这里没有滔滔不绝的能言善辩，这里有的是诗歌；没有任何外在的华丽，一切都很朴素，一切都很恰当，一切都充满着内在的、不是突然展现的华丽；一切都很简洁，纯粹的诗歌永远是这样的。词语不多，可它们却准确得可以显明一切。每个词里都有一个空间的深渊；每个词都像诗人一样，是难以完整地拥抱的。"别林斯基和果戈理这两位普希金的同时代人，这两位最早对普希金的创作做出恰当评价的人，分别对普希金诗歌语言的两个侧面做出了准确的概括。

纵观普希金所有的抒情诗，可见其抒情主人公的形象无论是隐在还是突出，都是一致的、鲜明的，这就是：一个富有激情和幻想的歌手，一个充满正义感和自由精神的先知。这一抒情主人公形象的贯穿，保持了普希金所有诗作在情绪上的统一，使其形成一个有机的艺术整体。抒情诗歌中的普希金还是一位出色的风景画高手，尤其是对俄国乡村和大自然的描绘更是出神入化，高加索的群山，克里米亚的大海，皇村的花园，米哈伊洛夫斯科耶的原野，俄罗斯大自然中的清晨和傍晚、春夏秋冬、道路和农舍、树木和山冈等，都生动地再现在他的诗作中。在普希金的写景中，最突出的就是情与景的交融，主观情绪和客观景致的和谐统一，通过看似平静的写景状物来体现抒情主人公深层的感受或潜在的情绪。

除上述特点外，普希金的抒情诗歌在对话和戏剧的因素向抒情诗的渗透、在散文和诗的结合、在诗歌情绪和诗歌结构的呼应等方面也都极具创新意义，极具超前性质，甚至"现代感"。面对这些写于近两个世纪前、今天却仍保持着极高阅读价值和审美意义的抒情诗佳作，我们不能不感叹普希金诗歌天才的伟大和不朽。

刘文飞

目 录

一八一四年
致娜塔莎 —————————————————— 002
皇村的回忆 ————————————————— 004
致闻鼻烟的美女 ——————————————— 014
浪漫曲 ——————————————————— 017

一八一五年
致巴丘什科夫 ———————————————— 022
寄语她 ——————————————————— 025
玫 瑰 ——————————————————— 027
我的墓志铭 ————————————————— 028
致画家 ——————————————————— 029

一八一六年
秋天的早晨 ————————————————— 032
别 离 ——————————————————— 034

哀　歌	037
歌　手	039
梦　醒	041
愿　望	043

一八一七年

别了，忠诚的柞木林	045
自由颂	047

一八一八年

巴克斯的庆典	054
何时你能再把这只手紧握	059
给茹科夫斯基	061
讥卡切诺夫斯基	063
给幻想家	064
致娜·雅·波柳斯科娃	066
童　话	068
给勾引人的美女	071
致恰达耶夫	073
多么惬意	075

一八一九年

致奥·马松	077
乡　村	079

欢乐的宴席 —————————————————— 083
致丽拉 ————————————————————— 084

一八二〇年
你和我 ————————————————————— 086
我不惋惜你们,我的青春岁月 ——————— 088
白昼的巨星已经暗淡 ————————————— 089
飞驰的云阵渐渐稀疏 ————————————— 092

一八二一年
缪　斯 ————————————————————— 095
我很快将沉默 ————————————————— 097
征　兆 ————————————————————— 098

一八二二年
致希腊女郎 —————————————————— 100
囚　徒 ————————————————————— 102

一八二三年
小　鸟 ————————————————————— 104
夜 ——————————————————————— 105
恶　魔 ————————————————————— 106
你能否原谅我嫉妒的幻想 ——————————— 108
我是孤独的自由播种者 ———————————— 110

致戈利岑娜公爵夫人 —————————————— 112
生命的大车 ———————————————————— 114

一八二四年

静立的卫兵在皇宫前瞌睡 ————————————— 117
书商和诗人的谈话 ——————————————————— 121
致大海 —————————————————————————— 131
夜晚的和风 —————————————————————— 135
朔　风 ————————————————————————— 137
致巴赫奇萨赖宫的泪泉 ———————————————— 139

一八二五年

焚烧的情书 —————————————————————— 142
给朋友们 ——————————————————————— 144
渴望荣誉 ——————————————————————— 145
献给普·亚·奥西波娃 ————————————————— 147
致克恩 ————————————————————————— 149
如果生活将你欺骗 ——————————————————— 151
饮酒歌 ————————————————————————— 152
草原上最后几朵花儿 —————————————————— 154
10 月 19 日 ——————————————————————— 155
夜莺与布谷鸟 ————————————————————— 164
为了怀念你 —————————————————————— 165
冬天的夜晚 —————————————————————— 166

欲望之火在血液中燃烧	169
我姐姐家的花园	170
暴风雨	171
啊，烈火熊熊的讽刺诗神	172
俄罗斯语言罹了病	174
天上忧郁的月亮	175

一八二六年

致维亚泽姆斯基	177
坦　承	178
先　知	181
献给奶娘	183
我过去怎样，现在仍怎样	184
致普辛	185
冬天的道路	186

一八二七年

在西伯利亚矿井的深坑里	189
夜莺和玫瑰	191
阿里翁	192
天　使	194
致基普连斯基	195
1827年10月19日	197

一八二八年

你和您 —— 199
枉然的赐予,偶然的赐予 —— 200
她的眼睛 —— 202
美人,你别当着我的面 —— 204
预　感 —— 206
毒　树 —— 208
小　花 —— 211
当我紧紧地拥抱 —— 213
诗人和民众 —— 215

一八二九年

途中的怨诉 —— 220
冬天的早晨 —— 223
我曾经爱过您 —— 225
我们走吧,我已做好准备 —— 226
无论漫步喧闹的大街 —— 228
卡兹别克山修道院 —— 230

一八三〇年

圣母像 —— 232
哀　歌 —— 234
劳　作 —— 235
道　别 —— 236

为了遥远祖国的海岸 ——————————————— 238
有时，当往日的回忆 ——————————————— 240

一八三一年

回　声 ———————————————————————— 243
皇村学校越是频繁 ————————————————— 244
不，我不珍惜那种躁动的欢愉 ——————————— 247

一八三二年

美　人 ———————————————————————— 250
致某某 ———————————————————————— 252

一八三三年

秋　天 ———————————————————————— 255
上帝保佑我不要发疯 ——————————————— 261

一八三四年

是时候了，我的朋友！ —————————————— 264

一八三五年

乌　云 ———————————————————————— 266
我又一次造访 —————————————————— 267
我以为，心儿已失去 ——————————————— 271

一八三六年

当我沉思地徘徊郊外 —————————— 273

我为自己建起非人工的纪念碑 —————— 275

曾几何时:我们青春的节日 ———————— 277

啊,不,生活没有使我厌倦 ———————— 281

一八一四年

致娜塔莎[1]

美丽的夏日谢了,谢了;
明朗的日子在飞去;
夜晚那阴霾的浓雾,
弥漫于昏睡的暗影;
葱郁的田地空旷了,
喧闹的小溪冰凉起来;
鬈发的森林白了头;
高高的天穹也显苍白。

光明的娜塔莎!你在哪里?
为何谁也不见你的身影?
你或是不愿与知心的朋友
共同分享统一的光阴?

---

[1] 娜塔莎是宫中女官沃尔孔斯卡娅的侍女,宫廷人士一般在夏天来到皇村,在秋天返回彼得堡。

无论是在芬芳的树下,
还是在波光荡漾的湖上,
无论清晨,还是傍晚,
我都见不到你的模样。

冬天的寒冷很快,很快
就将造访森林和田地;
在烟雾缭绕的茅屋,
炉火很快将明亮地燃起;
我将看不到迷人的她,
像笼中的一只黄雀,
我将坐在家中忧伤,
将把娜塔莎回想。

(刘文飞 译)

皇村的回忆[1]

忧郁的夜的帷幕

挂上惺忪的天穹;

山谷和树林在寂静中安睡,

远方的森林披着白雾,

隐约听见小溪流进林中的浓荫,

隐约闻到叶片上的微风在呼吸,

静静的月亮,像庄重的天鹅,

在银色的云朵中游弋。

它在游弋,向周围的一切

洒下淡淡的月光;

眼前敞开了老椴树的林荫道,

---

[1] 此诗写于1814年12月,普希金在1815年1月8日举行的语文考试中朗诵此诗,博得包括老诗人杰尔查文(1743—1816)在内的诸多考官的盛赞,此诗随后公开发表,是普希金发表的第一首诗作。皇村原为俄国皇家行宫,在彼得堡郊外,现称普希金城。

它看了看山冈和牧场；
我看见，年轻的柳树和杨树
一起倒映在荡漾的水面上；
原野中的女皇是高傲的百合，
它的繁花正在开放。

像一道碎珠般的河流，
瀑布跌下嶙峋的山冈，
在静静的湖中，女神们在嬉闹，
撩起湖上慵倦的波浪；
寂静中矗立着巨大的宫殿，
圆柱高耸，直插云霄，
人间诸神就在此安度宁静的时光？
这就是俄国智慧女神的神庙？

这美丽的皇村花园
莫非就是北方的天堂？
强大的俄国雄鹰战胜狮子，
就头枕着这片和平与欢畅？
唉！金色的时代已永远逝去，
当年，依靠伟大夫人[1]的权杖，
幸福的俄罗斯戴上了荣耀，

1　指叶卡捷琳娜女皇。

在一片祥和中蒸蒸日上！

在这里每走一步，心中
都会涌起往昔的回忆；
环顾四周，一个俄国人会叹息：
"一切都已消逝，女皇大帝已经故去！"
然后默默坐在生机勃勃的湖岸，
他陷入深思，倾听风的絮语。
逝去的岁月在他眼前浮现，
精神置身于静静的惊喜。

他看见，在波涛之间，
在满是苔藓的坚石上，
升起一座纪念碑。一只年轻的鹰
立在碑顶，伸展着翅膀。
沉重的锁链和雷电的箭头，
将威严的圆柱缠绕三道；
白色的波浪在碑座下喧嚣，
然后躲进闪亮的泡沫。[1]

在忧郁的松树林里

---

[1] 这一段描写皇村湖中央的纪念圆柱，它系叶卡捷琳娜为纪念1770年俄军在切梅什附近战胜土耳其人的海战而立。

立起一座朴素的纪念碑。[1]

啊，对于土耳其它是耻辱！

对亲爱的祖国它却是荣耀！

啊，俄罗斯巨人，你们永垂不朽，

你们在战争的磨难中锻炼成长！

啊，你们，叶卡捷琳娜的近臣朋友，

你们的功绩将被世代颂扬。

啊，轰鸣的战争岁月，

俄罗斯荣光的见证人！

你看到，奥尔洛夫、鲁缅采夫和苏沃洛夫[2]，

这些斯拉夫人的威严子孙，

凭借宙斯的雷霆取得胜利；

他们勇敢的功绩让世界震惊；

杰尔查文和彼得罗夫[3]拨动响亮的竖琴，

歌颂过这些英雄和伟人。

你这难忘的时代已经逝去！

一个新世纪很快又看见

一场场新搏杀，一次次可怕的战争；

---

1 此处"朴素的纪念碑"指皇村里一座为纪念1770年俄军在卡古尔湖对土耳其人的胜利而立的方尖碑。
2 这三人均为俄国历史上著名军事统帅：阿列克赛·奥尔洛夫（1737—1807/1808）、彼得·鲁缅采夫（1725—1796）、亚历山大·苏沃洛夫（1729/1730—1800）。
3 瓦西里·彼得罗夫（1736—1799），俄国诗人。

受难,便是凡人的命运。
那个靠狡诈和大胆登基的皇帝[1],
用狂暴的手举起血腥的剑;
人类的灾星升空了,可怕的霞光
很快又映红新的战争。

像一股湍急的水流,
敌人闯进俄国的土地。
在他们面前,忧郁的草原在梦中沉睡。
大地腾起血腥的气息;
和平的村庄和城堡在黑暗中燃烧,
四周的天空被熊熊火光映透,
茂密的森林掩护逃难的人群,
闲在地里的犁铧正在生锈。

敌人在前进,没有阻挡,
一切都在倾塌,化为灰烬,
战神那些战死的子孙像苍白的幽影,
集结成飘忽不定的大军,
接连不断地步入阴暗的坟墓,
或者游荡在静夜时分的森林……
但喊声响起!……他们走在雾的远方!……

---

[1] 指拿破仑。

盔甲和刀剑叮当有声!……

恐惧吧,你这异国的军队!
俄罗斯的子孙在向前;
老人少年挺身而起,扑向强敌,
他们心中燃着复仇的烈焰。
发抖吧,暴君!你的末日已近!
你会发现每个战士都是好汉,
他们发誓要么取胜,要么横卧沙场,
为了信仰,为了沙皇。

剽悍的战马等待战斗,
山谷中已经布满士兵,
洪流般的队列,人们渴望复仇和荣光,
一阵狂喜掠过他们的胸膛。
他们扑向可怕的宴席,用刀剑寻找猎物,
搏战开始;雷霆在山冈震响,
紧张的空气中,流矢与刀剑共鸣,
鲜血溅洒在盾牌上。

双方在拼杀,俄国人胜利啦!
傲慢的高卢人向后逃跑;
但天上的主宰将最后一道光芒
赐给了这战争的强者。

白发的统帅[1]没能在此把他打垮；

啊，鲍罗金诺血染的原野！

你未能将敌人的狂暴和傲慢阻挡！

唉！高卢人爬上了克里姆林宫城墙！……

莫斯科啊，亲爱的故乡，

沐浴烂漫年华的霞光，

我在这里度过无忧的金色岁月，

不知灾难，也没有忧伤，

你竟目睹了他们，我祖国的敌人！

你竟被鲜血浸透，被大火烧焦！

我却不能为你复仇而战死疆场；

徒有怒火在胸中燃烧！……

百顶的莫斯科啊[2]，我的故乡，

你的美景如今在哪里？

昔日的都城到处是壮丽辉煌，

如今只剩下一片片废墟；

莫斯科，你凄凉的景象让俄国人恐惧！

消失了，皇家的宫殿和贵族的府邸，

大火焚毁一切。高塔的金顶黯然失色，

1　指库图佐夫（1745—1813）。
2　莫斯科有数百个东正教教堂圆顶，故有此称。

富人的住宅被夷为平地。

那曾经充满豪华的处所,
那座座花园和浓密的树林,
在那香桃芬芳、椴树摇曳的地方,
如今只有焦土和灰烬。
美妙的夏夜那无声的寂静里,
再也听不到欢快的笑声,
岸边的灯火和明净的树林不再闪亮:
一片死亡,一片沉寂。

请你放心,俄罗斯诸城的母亲,
请你看看入侵者的灭亡。
造物主伸出他复仇的右手,
扼住了他们傲慢的颈项。
你看:他们在逃,不敢回头张望,
他们的血在雪地上河一样流淌;
他们在逃,身后是俄国人的刀剑,
黑夜中他们将遭遇饥饿和死亡。

啊你们,使欧洲各大民族
都感到战栗的你们,
啊高卢强盗!你们也进了坟墓。

啊恐惧！啊可怕的岁月！
你藐视真理的声音、信仰和法律，
你妄想用刀剑颠覆各国的王位，
你这幸运和战神的宠儿如今在哪里？
消失了，像清晨的噩梦！

俄国人攻占巴黎！复仇的火炬在哪里？
高卢啊，快低下你的头颅。
我看见了什么？面带和解的微笑，
英雄把金色的橄榄枝捧出。
战斗的雷霆还在远方轰鸣，
像北方阴霾的草原，莫斯科一片凄凉，
可是他没有把死亡带给敌人，
而给大地送去祥和与解放。

叶卡捷琳娜的无愧子孙！
我的心里为何没有狂喜，
像天上的缪斯，像我们的歌手，
像斯拉夫军团的诗人？
哦，如果阿波罗能把神奇的天赋
注入我的胸膛！我将把你颂扬，
用竖琴奏响天上的和谐，
在时间的黑暗中发出光芒。

啊，充满灵感的俄国歌手[1]，

你曾颂扬威武的大军，

在朋友中间，怀着火热的灵魂，

请再拨动金色的竖琴！

再用和谐的声音把英雄赞美，

激动的琴弦把火焰撒进心头，

年轻的军人倾听这战斗的歌手，

他热血沸腾，浑身在不停地颤抖。

（刘文飞 译）

---

[1] 指俄国诗人茹科夫斯基（1783—1852），他写有一首题为《俄国军营中的歌手》（1812）的诗。

致闻鼻烟的美女[1]

这可能吗？你向来喜爱

爱神栽种的玫瑰，

是芬芳的铃兰、茉莉和百合，

是傲然俯首的郁金香，

从前你每天都要把花儿

佩在你大理石般的胸口，

这可能吗，亲爱的克里梅娜，

这趣味的变化多么奇怪！……

你爱闻的已非清晨的花朵，

而是被精心制作成

松软粉末状的

有害的绿叶！

---

[1] 此诗据说是写给普希金在皇村学校的同学戈尔恰科夫的姐姐叶莲娜的，她当时已经嫁人，改姓康塔库泽。

让哥廷根白发苍苍的教授,
在陈旧的讲台上弓着腰,
将深邃的智慧嵌进拉丁语,
他咳嗽着,用枯瘦的手
把一撮烟末塞进深深的鼻孔;
让留着唇须的年轻骠骑兵,
在清早坐到窗前,
带着未尽的晨梦,
从海泡石烟斗中吐出灰雾;
让一个六十岁的美女,
告别优雅,退出爱情,
她所有的美都依赖支撑,
她身上没有一处没有皱纹,
她在诽谤,祷告,打哈欠,
靠忠实的烟草忘记忧伤,——
而你,美人!……如果你真的
喜欢烟草,哦想象的热情啊!
啊!如果这样,我愿化成粉末,
躲进鼻烟壶,躲进牢笼,
我便能落入你温柔的纤手,
我便在甜蜜的喜悦中,
落向你丝巾掩盖下的胸脯,
甚至……也许能……算了!空想。

无论如何也不会这样。

这嫉妒、恶毒的命运啊！

唉，我为何不能将烟草充当！……

(刘文飞　译)

浪 漫 曲[1]

阴霾的秋天，傍晚时分，
一位姑娘走到荒凉的地方，
不幸爱情的秘密果实，
被她抱在颤抖的手上。
森林和群山，一片寂静，
一切都在夜幕中沉睡；
她的目光警觉专注，
恐惧不安地打量周围。

她一声叹息，将目光
投在这无辜的造物身上……
"睡吧，孩子，我的痛苦，
你还不知我的忧伤，

---

[1] 浪漫曲，又译"罗曼司"，俄国和欧洲多国一种带有歌唱味的抒情诗，这同时也是一种抒情歌曲体裁。普希金的这首《浪漫曲》曾多次被作曲家谱曲，成为流传甚广的俄国民歌。

等你睁开眼,想起要我,
你已不能紧贴我的胸膛,
明天,你不幸的妈妈,
已无法再吻你的脸庞。

"你再也唤不到你妈妈!……
我的罪过是我永远的耻辱,
你会永远把我忘记;
我却不会将你遗忘;
人们把你交给他人庇护,
说你不是他们的亲人,
你会问自己的亲人在哪里,
可你却找不到你的家庭。

"我的天使将整日忧郁,
在其他孩子间愁眉不展!
他的心里难过到极点,
每当看到母亲爱抚儿女;
他将四处孤独地流浪,
永远诅咒自己的命运,
他将遭受残酷的责难……
那时,请原谅你的母亲……

"悲伤的孤儿,或许,

你有朝一日能遇见父亲，
唉！他在哪里啊，
我这难忘的负心汉？
到那时你就安慰那苦命人，
你说：'她已不在人世，
劳拉忍受不住别离，
到了荒凉的去处。'

"我都说了什么？……或许，
你会遇见有罪的母亲，
你忧伤的目光让我心碎！
儿子怎么会认不出？
唉，要是我的祈祷
能够感动无情的命运……
但或许，你在身旁走过，
永远不再与我相遇。

"你睡吧，不幸的孩子，
最后一次依偎在我胸口。
不公的可怕的法律，
让我们母子苦难临头。
趁岁月还没有驱走
你纯洁无邪的欢欣，
睡吧，亲爱的！痛苦

不会惊扰童年的平静!"

但是月亮突然跃出树林,
照亮她近旁的一座草房……
她慌乱地抱着儿子,
缓缓走到小屋门旁;
她弯下身,轻轻地
把婴儿放在别人的门槛,
她恐惧地转过头去,
消失于夜间的黑暗。

(刘文飞　译)

一八一五年

致巴丘什科夫[1]

我降生到这个世界，
在赫利孔的山洞里；
以阿波罗的名义，
提布罗斯为我施洗，
我自幼就畅饮
明净的希波克林泉，
春天玫瑰的浓荫下，
我长成一位诗人。

赫耳墨斯欢乐的儿子
对这男孩很是欢喜，
在金色的童年时代，

---

[1] 此诗写于普希金与俄国诗人巴丘什科夫（1787—1855）第一次见面之后，巴丘什科夫劝普希金别再迷恋阿那克里翁式的诗歌，转向战争等"严肃"诗歌主题，普希金以此诗作为回应。

他给我一支牧笛。

早早地与牧笛相识,

我不停将它吹奏;

我吹得并不动听,

却不会让缪斯难受。

而你,欢娱的歌手,

缪斯们熟悉的朋友,

你希望我能飞翔,

沿着荣誉的道路,

告别阿那克里翁,

追随马洛的足迹,

伴着竖琴的音响,

歌颂血腥的战争宴席。

福玻斯[1]给我的恩赐不多:

兴趣和贫乏的天赋。

在异邦的天空下歌唱,

我远离自己的故土,

我怕和大胆的伊卡洛斯[2]

---

[1] 希腊神话中的光明之神。
[2] 希腊神话中的神,他用蜡和羽毛做成的翅膀飞翔,翅膀因飞近太阳而熔化,他坠海身亡。

一起作徒劳的飞翔,

我要走自己的道路:

让每人都为自己的事奔忙。[1]

(刘文飞 译)

---

[1] 此句引自茹科夫斯基的《致巴丘什科夫》。

寄 语 她

埃利维娜，好朋友，过来，把手伸给我。
我在憔悴，你让生活的噩梦快快过去，
告诉我，我们还能见面吗……或者命运
　　　　　注定我长久地跟你分离？

难道我们从此再也不能相互睥睨？
或者我的生活已被永远的黑暗遮蔽？
难道黎明永远见不到我们
　　　　　在热恋中拥抱一起？

埃利维娜，为什么夜阑人静时我不能
欢欢喜喜地把你搂抱在怀里，
为什么我忧伤的目光不能端详心上人
　　　　　并在欲情中战栗？

为什么在默默的欢快时刻,在快感的陶醉中
不能倾听你低声的呻吟和甜蜜的絮语,
在蒙蒙的昏暗中静静地享受爱抚的苏醒,
　　　在情人的身边悄悄睡去?

(高 莽 译)

玫　瑰[1]

朋友们，告诉我，
我们的玫瑰在何方？
它是朝霞的骄子啊，
如今已经枯萎衰亡。
切莫说：
青春如此凋谢！
切莫说：
生活如此欢畅！
最好对玫瑰说一声：
别了，我惋惜心伤！
然后指给我们
百合花生长的地方。

（高莽 译）

---

[1] 根据古希腊生活形成的概念，玫瑰花代表爱情，而百合花则象征纯洁。

我的墓志铭

此处葬着普希金;他与年轻的缪斯,
与爱情和慵懒一起度过欢乐的一生,
他没做什么善事,但谢天谢地,
他可是一个好心人。

(刘文飞 译)

致 画 家[1]

美惠女神和想象力的孩子，
趁心灵燃着火样的激情，
请你用随意的享受之笔，
为我描绘我的心上人；

描绘天仙般纯洁的美貌，
描绘意中人羞怯的特征，
描绘优雅美人的微笑，
描绘美丽无比的眼神。

请把维纳斯的腰带
系上她赫柏[2]的细腰，

---

[1] 这位画家即普希金在皇村学校的同学伊利切夫斯基，普希金曾请他为巴库宁娜（1795—1869）作画，此诗曾被普希金的另一位同学科尔萨科夫谱上曲，在皇村学校广为传唱。
[2] 希腊神话中的青春女神。

请用阿利巴尼[1]的妙笔
把我的女王环绕。

请在她起伏的胸口
披上波浪般透明的薄衣，
好让她能轻松地吐气，
当她想要暗暗地叹息。

请画出羞怯爱情的幻想，
这幻想在我心中深藏，
我要用幸福恋人的手，
签名在这幅画的下方。

(刘文飞　译)

1　阿利巴尼（1578—1660），意大利画家。

一八一六年

秋天的早晨[1]

响起喧哗,田野的芦笛
惊扰了我独居的宁静,
随着迷人的爱情幻想,
逝去了我最后的梦境。
夜的暗影从天上滑落,
朝霞升起,白日闪亮,
我的四周是沉寂的荒凉……
她已离去……我站在岸边,
爱人她曾在傍晚来到这里;
哪儿都不见她的秀足
留下的隐约痕迹。
我忧郁地徘徊在密林,
重复她无与伦比的芳名;

1　此诗是普希金写给巴库宁娜的"1816年哀歌组诗"的第一首。

我呼唤她，远方的空谷

在回应这孤独的声音。

我怀着幻想来到溪边，

溪水在缓慢地流淌，

水中却没有那难忘的映象，

她已离去……直到甜蜜的来春，

我不会再有幸福和欢畅。

秋天已用冰凉的手臂，

剥去桦树和椴树的冠服，

秋天在稀疏的林间喧嚣；

枯黄的落叶日夜飞舞，

雾笼罩着变凉的水波，

风的呼啸声一闪而过。

田野，山冈，熟悉的树林！

你们这神圣寂静的守护神！

见证了我的忧伤和欢乐！

你们已被遗忘……直到甜蜜的来春！

（刘文飞　译）

别　离

当时钟为幸福敲过最后一声,
当我站在深渊之边含泪从梦中惊醒,
我用双唇最后一次亲吻你的纤手,
我浑身上下都在战战兢兢——
是啊！我记得一切,一阵惊慌,
但我忍受了不可忍受的悲伤;
我说过:"并不是永恒的别离
如今把各种欢乐带向远方。
我们会彼此忘记,烦恼会沉入幻想;
到那时无论是窒息的苦闷还是沮丧
都不会光顾隐遁者藏身的地方;
到那时只有缪斯会来慰藉我的惆怅;
我的心平静了——友好轻柔的一瞥
会把心房冷飕飕的黑暗照亮。"

过去，我对爱情对心曲理解甚少！
时光在流，日月在飘，
杯酒不能化悲伤为欢乐，
也不能让我把往事忘掉。
啊，亲爱的姑娘，你一直跟我相随，
可是我仍然痛苦，暗自忧愁。
无论是青山后边升腾起曙光，
无论是黑夜伴着秋月布满穹苍——
我无时不在寻找你呦，迷人的朋友；
我昏昏入睡时思念的只有你，
我在迷乱的梦中见到的只有你，
每当我遐想时——我不由得会把你呼唤，
每当我谛听时——你的声音会传入我的耳际。
我茫茫然坐在友人中间，
听不清他们吵吵嚷嚷的声音，
我用滞呆的眼睛望着他们，
冰冷的目光认不出他们是什么人。

　　竖琴啊，我痛苦心灵的伙伴，
你和我在一起也变得郁郁不振，
你的琴弦奏出的只有幽怨的哀鸣，
你没有忘掉的只有爱的声音！……
啊，忠贞的伙伴，你和我一起悲戚吧，

让你那漫不经心的琴声
唱尽我心中的苦闷,
让多思的少女们听到你的琴声
哀叹不尽。

(高 莽 译)

哀 歌

谁能大胆承认激情,
谁就能拥有幸福;
在未卜的命运中,
隐约的希望将他爱抚;
在甜蜜的午夜,
朦胧的月光为他引路;
可靠的钥匙会为他
悄悄打开他美人的屋!

可在我忧伤的生活里,
却没有隐秘享受的欢愉;
早开的希望之花已凋零,
生活之花也痛苦地枯萎!
青春将忧伤地逝去,

我将听见暮年的恐惧,

但被爱情遗忘的我,

不会忘记爱情的眼泪!

(刘文飞 译)

歌　手

你们可曾听见树林后面深夜的歌声？
那是爱情和哀伤的歌手在歌唱。
当田野在清晨默不作声，
这忧郁朴素的声音在鸣响——
你们可曾听见？

你们可曾遇见，在昏暗的荒林？
那是爱情和哀伤的歌手在歌唱。
你们可曾看到泪痕和微笑，
看到满含忧愁的静静的目光——
你们可曾遇见？

你们可曾叹息，听着静静的歌声？
那是爱情和哀伤的歌手在歌唱，

当你们在林中看到这位青年,
遇见他那暗淡无神的目光——
你们可曾叹息?

(刘文飞　译)

梦　醒

幻想啊，幻想，
哪儿是你的甜蜜？
你在哪里，哪里，
深夜的欢喜？
它消失了，
欢乐的梦境，
我醒来了，
在深重的黑暗，
我孤身一人。
床铺四周，
是聋哑的夜。
突然冷却了，
突然飞走了，
爱情的幻想，
成群地离去。

但是心灵

还充满希冀，

还在捕捉

梦的回忆。

爱情啊，爱情，

听听我的祈求；

把你那些梦境，

再让我享受，

让我再次陶醉吧，

在天亮时辰，

让我趁早死去吧，

在未醒时分。

（刘文飞 译）

愿 望

我在流泪；泪水给我安慰；
我在沉默；我的低语没出声，
我的心灵充满忧伤，
其中也有痛苦的温存。
哦生活的梦！飞吧，我不惋惜，
虚幻的梦境，请在黑暗中消失；
我珍重我爱情的痛苦，
就是死，我也要爱着去死！

(刘文飞 译)

一八一七年

别了,忠诚的柞木林[1]

别了,忠诚的柞木林,
别了,田野上坦然的安宁,
别了,匆匆流逝的岁月
那轻快如飞的欢欣!
别了,三山村,在这儿,
欢乐多少次和我相遇!
难道我品尝你们的甜蜜,
就为了和你们永久地分离?
我把心儿留给你们,
只从你们这里带走回忆。
也许(一个甜蜜的幻想!),
我崇拜友谊的自由,

---

[1] 在皇村中学毕业后,普希金曾于1817年夏在普斯科夫省他母亲的庄园米哈伊洛夫斯科耶过了5个星期,临行前,普希金在普·亚·奥西波娃(1781—1870)的纪念册上写下此诗。奥西波娃是与米哈伊洛夫斯科耶毗邻的庄园三山村的女主人,普希金一直与她和她的女儿保持着友好关系。

崇拜欢乐、姣美和智慧,
我还会返回你们的田庄,
躲进椴树下的浓荫,
走上三山村斜斜的山冈。

(刘文飞 译)

自 由 颂[1]

去吧，快躲开我的眼睛，
西色拉岛软弱的王后[2]！
你在哪里，诸王的雷霆，
高傲的自由的歌手？
来吧，快摘去我的桂冠，
摔碎我温柔的竖琴……
我想对世界歌唱自由，
我要痛斥王位上的罪行。

请为我指明那位高卢人
崇高而辉煌的足迹，[3]
你使他唱出勇敢的颂歌，

---

1 此诗写成后广为流传，触怒宫廷，是导致普希金遭到流放的主要原因之一。
2 西色拉岛位于希腊，岛上有维纳斯的神庙，"西色拉岛软弱的王后"即指维纳斯。
3 "崇高的高卢人"究竟是谁，研究者众说纷纭，有人认为是法国诗人谢尼耶（1762—1794），有人说是法国诗人勒布伦（1729—1807）。

面对那些光荣的灾难。
轻浮命运的宠儿们，
世间的暴君！颤抖吧！
而你们，匍匐的奴隶，
倾听吧，大胆挺起身板！

唉！无论我向哪里看去，
到处都是皮鞭，是镣铐，
是法律致命的耻辱，
是奴隶羸弱的泪水；
到处是不公的权力，
在偏见的浓密暗影，
登基的是可怕的奴役天赋，
是沽名钓誉的不祥激情。

要想让统治者的头上
不再悬着人民的痛苦，
只有让强大的法律
紧密抱合神圣的自由；
让法律的厚盾保护众人，
让公民们忠诚的手
紧握利剑，一视同仁，
在平等的脑袋上方挥过，

高出众人之上的罪恶，
将被正义的一击斩首；
当公民的手未被收买，
不为贪婪和恐惧所动。
统治者！是法律而非上天
赋予你们王冠和宝座；
你们凌驾于人民之上，
但永恒的法律高于你们。

不幸，人民的不幸，
如果法律粗心地瞌睡，
如果人民或者皇帝
全都可以左右法律！
我要请你来做证，
哦，光荣错误的牺牲品，
在不久前的风暴里，
你因为祖先丢了性命。[1]

在无言的后代眼前，
路易王走向死亡，
把卸下王冠的头颅
放在血腥的断头台上。

1　指法国国王路易十六1793年1月21日被杀。

法律沉默，人民沉默，

罪恶的斧头落下……

于是，被缚的高卢人

全都套上了凶手的紫袍。[1]

你这狂妄的凶手啊！

我憎恨你和你的王位，

我带着残忍的欢喜，

目睹你和你儿女的灭亡。

人们在你的前额

能读到人民的诅咒，

世界的恐惧，自然的耻辱，

你是对人间之神的亵渎。

当一颗夜半的星辰

照耀幽暗的涅瓦河，

当一场静静的梦魇

压迫无忧无虑的头颅，

沉思的歌手正在凝视

早已废弃的皇宫，

这暴君的荒芜纪念碑，

---

[1] 对这里的"凶手"所指众说纷纭，大多数学者认为是指拿破仑。

恐怖地安睡在雾中，[1]

在那可怕的宫墙后，
他听见历史女神的可怕声音，
他眼前生动地浮现出
罗马皇帝的最后时辰，
他看到，挂着绶带和勋章，
灌满烈酒和恶意，
诡秘的凶手在行走，
脸露凶色，心怀恐惧。

不忠的卫兵沉默不语，
高悬的吊桥静静落下，
被收买的叛变之手，
在黑夜把大门打开……
啊耻辱！我们时代的暴行！
野兽般的御林兵一拥而进！……
不光彩的打击突然降临……
戴皇冠的凶手死于非命。[2]

牢记教训吧，哦帝王们：

---

[1] 指沙皇保罗一世（1754—1801）的宫殿，保罗一世于1801年3月12日遇刺后，这座宫殿就长期无人居住。
[2] 指俄国沙皇保罗一世于1801年被刺。

无论惩罚还是奖赏,
无论血牢还是神坛,
都不是你们的忠实屏障。
请在法律的可靠浓荫下,
首先低垂你们的头颅,
人民的自由和安宁,
才是王座永远的守护。

（刘文飞　译）

一八一八年

巴克斯的庆典[1]

这动听的喧哗,这狂乱的欢呼,从哪里传来?
这扁鼓,这羯鼓,召唤什么人,前往何处?
　　为什么村民们笑容满面,
　　　　歌声不住?
　　是灿烂的自由来到他们中间,
　　接受节日的花束。
　　人,一群群,动起来了……
他在靠近……瞧,他,这强壮的神!
　　瞧,和蔼的巴克斯,永葆青春!
　　瞧他,印度的英雄!
　　啊,欢乐!满弦都是你
　　在颤动,时刻准备奏出

---

[1] 古希腊传说中称:酒神、酿酒之神巴克斯,驾驶着由几头猛虎拉的车,在长着羊腿的法翁们和萨堤洛斯们、西尔瓦努斯(乡村神,法翁之子)和小仙女、小酒神们的陪伴之下,胜利地游历了整个希腊,直到东方的印度。为庆祝这一壮举,民间组织各种节日活动,包括男女纵乐的酒宴。

没有虚假的赞颂的声音！……

哎嘿，哎嗨！把酒樽拿来！

把新编的花环拿来！

奴隶们，在哪里呀，我们的酒杖？

勇士们，我们奔向和平的战场！

瞧他！瞧巴克斯！啊，欢乐的时辰！

他的手中握着全权的酒杖；

金色葡萄叶编的花环

戴在蓬松的黑发上……

酒在流。年幼的猛虎

拉着他前进，狂怒，驯服……

厄洛斯们在周围飞翔，

大家在戏耍，用赞歌把他颂扬。

一群长着羊腿的法翁和萨堤洛斯[1]，

簇拥在他的身旁，

常春藤盘缠着他们的犄角；

一辆快车飞似的向前奔，

后面是熙熙攘攘的一群人，

有人拿着一支芦笛，

有人举着永不离身的酒樽；

有人走着走着跌了一跤，

躺在天鹅绒般的草原上，

---

[1] 法翁是罗马神话中半人半羊的农牧之神。萨堤洛斯是希腊神话中的森林之神，半人半羊的怪物，性好欢娱，耽于酒色。

他在众多友人欢笑声中

泼洒着紫红色的酒浆。

更远处是一支奇怪的队伍!

欢快的羯鼓,声音清脆;

一群妙龄仙女和西尔瓦努斯

组成了嘈杂的歌舞大队,

他们抬着不动的西勒诺斯[1],

酒在流,泡沫溅飞,

到处都抛撒着玫瑰;

在这位酣睡的老人后边,

是酒神之杖,和平胜利的象征,

还有沉甸甸的一口金樽,

金樽盖上有个撒非喇[2],——

酒神巴克斯的珍贵馈赠。

可是远方的海滩上,一片喧嚣。

小酒仙们肩上披散着长发,

头上装饰着花藤,赤着身子,

在山冈上来回奔跑。

嘹亮的羯鼓,在他们的手中转来转去,

叮叮当当——接着令人吃惊的欢叫。

---

[1] 西勒诺斯是萨堤洛斯中最年长者,酒神狄奥尼索斯的抚养者和伙伴。身体粗短,秃顶,扁鼻,长有一对马耳,且有尾巴。
[2] 据《圣经·新约全书》:撒非喇是亚拿尼亚的妻子。他们俩变卖了田产,留下一部分,把其余的田产交给使徒。

他们跑过去了，他们飞起来了，手拉着手，
　　　　跳着神奇的舞，踏着原野上的草，
　　　　这火热的年轻的伙伴们啊
　　　　　　一群群汇在周遭。

　　　　激动的少女们，歌声婉转；
　　　　她们那心满意足的曲调
　　　　点燃起心中爱的火焰；
　　　　她们的胸中呼吸着渴望；
　　她们的眸子在说：去捕捉幸福吧！
　　　　目光里充满苦闷与疯狂，
　　　　她们那婀娜多姿的动作，
　　　　一开头就向我们表演了
　　　　恋人们的困惑的羞涩，
　　　　怯懦的愿望——接着就是
　　　　满足后的欢腾与鲁莽。
　　瞧，她们又散开了——遍布草原与山冈；
　　　　她们在奔跑，把酒杖摇晃，
　　　　远远地就听到她们的呼叫，
　　　　森林中震荡着隆隆的回响；
　　　　哎嘿，哎嗬！把酒樽拿来！
　　　　把新编的那些花环拿来！
　　　　奴隶们，哪里是我们的酒杖？
　　勇士们，让我们奔向和平的战场！

朋友们，在这情意绵绵的一天，
让我们把忙碌忘个精光！
为了祝福巴克斯、缪斯和美，
让泛着泡沫的美酒流淌！
哎嘿，哎嗬！把酒樽拿来！
把新编的那些花环拿来！
奴隶们，哪里是我们的酒杖？
勇士们，让我们奔向和平的战场！

（高　莽　译）

何时你能再把这只手紧握[1]

何时你能再把这只手紧握？
是它送给了你神圣的爱的经书[2]，
让你在悠悠的寂寞的旅途，
在长离别的日子里诵读。
是阿摩尔在西色拉岛，
在青年戏耍的卷房里把它找到，
用笃信宗教的虔诚，按它的要求
向自己的维纳斯祈祷。
原谅我吧，我的伊壁鸠鲁信徒！
愿你永远像今天这样，
飞向那茫茫的阿里比昂！
愿耶稣和忠诚的丘比特
保佑你在异邦生活安康！

---

1 这首诗是为1812年卫国战争中的英雄尼·克里夫佐夫前往伦敦俄国使馆任职而作。
2 指伏尔泰反教会的著名长诗《奥尔良少女》（1755）。

离开家园，到别国去吧，
可是要把过去的日子记住，
要爱护你那位已非纯真的兄弟，
他易为敏感的爱情所苦！

（高 莽 译）

给茹科夫斯基

当你那崇高的心灵
向往着理想的境界,
你抚摩着膝盖上的竖琴
弹奏出焦急的音节;
当你那眼前的幻影
在神奇的迷雾中变化,
灵感传出急速的冷流
挑起你额上的头发,——
你是对的,你为少数人创作[1],
既不是为嫉妒的审判官,
也不是为专搜集他人可怜、
贫乏的见解与信息的家伙,
而是为有才华的严肃的朋友,

---

[1] 指茹科夫斯基出版的集子《为少数人》。该文集印数不多,不出售,只分赠友人阅读。

为崇尚神圣真理的良伴。
幸福不会爱上每一个人，
也并非人人生来能获桂冠。
只有通晓高尚思想与诗歌
极致的人，才称得上美满！
只有在美的领域
得到了美的享受，
并以火热而明确的喜悦
理解你的喜悦的人，才算有福。

（高莽 译）

讥卡切诺夫斯基[1]

恶毒的批评家，你早被不朽的手碾成齑粉，
这次，你还是不配赢得一个可耻的标记！
你的无耻，难道还需要花样翻新？
让我们的塔西陀[2]瞟你一眼，他也不愿意。
放老实点吧，德丰坦屁股沟里爬出的蛆虫[3]，
够你受用的了，你过去写下的诗句！

（高 莽 译）

---

1 米·特·卡切诺夫斯基（1775—1842），俄国历史学家、评论家。曾任《欧罗巴通报》编辑，为古典派学者。他曾在该刊发表文章攻击卡拉姆津（1766—1826）著的《俄罗斯国家史》一书。普希金为此写了这首讽刺诗鞭答他。普希金虽然不同意卡拉姆津著述中的某些保守的、贵族的观点，但总的评价是高的。
2 这里指卡拉姆津。
3 德丰坦是法国反动作家和批评家，伏尔泰的反对者。这句诗引自伊·伊·德米特里耶夫讥卡切诺夫斯基的诗《回答》。

给幻想家

你在悲痛的体验中寻找欣慰；
　　你舒心于让眼泪漫流，
你枉然地用烈火苦炼自己的幻想，
在心中隐藏起淡淡的哀愁。
没有经验的幻想家，请相信，你不会爱。
一旦你被爱的可怕的疯狂击中，
你这个寻找萎靡不振的情绪的人，
当爱的全部毒液在你血中汹涌，
当失眠在漫长的黑夜里徘徊，
当你躺在床上，孤寂地慢慢地忍受煎熬，
　　去乞求那骗人的安宁，
　　徒劳地把悲哀的眼睛闭紧，
号啕痛哭，把温暖的被子拥抱，
愿望落空了，在疯狂中变得憔悴，——
　　请相信，那时你就不会

再有不为人感恩的幻想！
不，不！你会泪流满面，
匍匐在傲慢的情人脚前，
浑身战栗，脸色苍黄，
呼叫着向上帝求援：
"上帝呀，请把我受蒙蔽的理智还给我，
请把那倒霉的形象从我眼前拉开！
我已经爱够了；请你给我安静！"
可是阴森的爱和怎么也忘不了的情影
还是永远与你同在。

（高　莽　译）

致娜·雅·波柳斯科娃[1]

我这张平凡而高贵的竖琴,

从不为人间的神仙们捧场,

一种对自由的自豪感使我

从不曾为权势烧过香。

我只学着颂扬自由,

为自由奉献我的诗篇,

我生来不会用羞怯的缪斯

去取媚沙皇的心欢。

但,我承认,在赫利孔山麓,

在卡斯达里[2]泉水叮咚的地方,

---

1 娜达里雅·雅科夫列夫娜·波柳斯科娃(约1780—1845),伊丽莎白皇后的宫廷女官。亚历山大一世不喜欢皇后,而皇后对沙皇执行的反动政策也心怀不满。皇后对文学活动颇感兴趣,她从事慈善事业,在俄国自由主义的社会团体当中享有盛名与同情。普希金这首诗,通过给女官波柳斯科娃的信表示了对当时处于失宠地位的皇后的赞扬。当时以费·尼·格林卡为核心的秘密团体准备举行宫廷政变,以皇后取代亚历山大一世。格林卡正是在他办的《教育的竞赛者》杂志上刊出了这首诗,题名是《对号召为伊丽莎白·阿列克谢耶夫娜皇后陛下写诗的回答》。
2 希腊帕耳那索斯山上的一口泉。神话中它是阿波罗与缪斯的圣泉,能给诗人与音乐家以灵感。

我为阿波罗所激励，所鼓舞，
暗地里把伊丽莎白颂扬。
我，天堂里的人世的目击者，
我怀着炽热的心一颗，
歌唱宝座上的美德，
以及她那迷人的姿色。
是爱情，是隐秘的自由
使朴实的颂歌在心中产生，
而我这金不换的声音
正是俄罗斯人民的回声。

(高 莽 译)

童 话[1]

NOEL[2]

乌拉！东游西逛的暴君[3]

骑马奔向俄国。

救世主伤心地哭泣，

黎民百姓泪雨滂沱。

马利亚手忙脚乱，连忙吓唬救世主：

"别哭，孩子，别哭，我的主：

瞧，俄国沙皇，大妖怪，大妖怪！"

沙皇走进屋，向大家宣布：

"俄国的臣民，你们听着，

---

1. 这首诗是普希金针对沙皇亚历山大一世在华沙召开的波兰会议上的致辞写的。亚历山大一世允诺在俄国制定一部宪法，普希金把此种允诺讥为"童话"。1858年以前这首诗以手抄本形式广为流传。
2. NOEL 指法国人根据圣诞节教堂里唱的曲调编写的讽刺歌谣。
3. 拿破仑被推翻以后，1815年9月26日，奥地利、普鲁士和俄国三国在巴黎签订所谓"神圣同盟"，沙皇亚历山大一世当时不务国政，醉心于国际会议，经常出国，故称。

此事天下无人不晓：

普鲁士军装、奥地利军装，

我给自己各制了一套。

啊，黎民百姓，欢乐吧！我个子大，身体好，吃得饱；

办报的人也不断地把我夸说[1]，

我又能吃，又能喝，又能允诺——

从来不为工作苦恼。

你们听着，我再补充一句，

我将来打算怎么干：

我让拉甫罗夫[2]退休，

让索茨[3]进精神病院；

我要代替戈尔戈里[4]给你们制定一条法律，

我怀着满腔的好意，

按照我沙皇的仁慈，

赐给百姓以百姓的权利。"

孩子又在小床上高兴地

跳了又跳：

"难道这是真事？

难道这不是玩笑？"

1　当时西欧报界大事宣扬亚历山大一世。
2　伊·帕·拉甫罗夫，警察总署执行处长。
3　В. И. 索茨，报刊检查特别委员会秘书。
4　伊·萨·戈尔戈里（1767—1862），彼得堡警察总监。

母亲对他说:"合上你的小眼睛,睡吧,宝宝;
你已经听完了你的父皇
给你讲的一篇童话,
　　时候到了,你该睡觉。"

(高　莽　译)

给勾引人的美女

为什么要用如此不害羞的打扮,
如此温存的声调和眼神
挑逗一个青年人的心?
为什么要用如此轻柔、甜蜜的责难
去勾引他,换取易得的欢欣?
为什么要做出如此虚假的温柔,
做出如此佯装的娇羞,
如此满不在乎的动作,
还有脸颊发热,嘴唇发抖?
狡猾的努力毫无意义!
淫荡的心房里不会有生命……
不禁一道愤懑的冷光射出——
这就是我对你决定性的回敬。
你说,谁在夜的黑暗中
没有玩弄过你傲慢的美色?

你说，在你那遭人白眼的家前，

谁不敢放肆地用手

敲打你那给钱就开的门锁？

不，不，勾引人的美女，你把

枯萎的纯洁献给别人吧；

用你那疲惫的怀抱

去抚爱没有经验的嫖客；

请你打消那高傲的邪念，

你不可能把缪斯的弟子

勾引到你那不可靠的胸前！

送给别人吧，你那可租赁的结合，

你那可以做可耻交易的爱情，

还有那贪婪的冷冰冰的接吻，

以及那迫不得已的欲念

和用金钱贿买来的兴奋！

（高莽 译）

致恰达耶夫[1]

爱情、希望、默默的荣誉——
哄骗给我们的喜悦短暂,
少年时代的戏耍已经消逝,
如同晨雾,如同梦幻;
可是一种愿望还在胸中激荡,
我们的心焦灼不安,
我们经受着宿命势力的重压,
时刻听候着祖国的召唤。
我们忍受着期待的煎熬,
切盼那神圣的自由时刻来到,
正像风华正茂的恋人
等待忠实的幽会时分。
趁胸中燃烧着自由之火,

---

[1] 彼·雅·恰达耶夫(1794—1856),御前近卫军军官,有渊博的知识和进步的观点。著有《哲学书简》。普希金流放前,恰达耶夫是他的好友与兄长。

趁心灵向往着荣誉之歌，
我的朋友，让我们用满腔
壮丽的激情报效祖国！
同志啊，请相信：空中会升起
一颗迷人的幸福之星，
俄罗斯会从睡梦中惊醒，
并将在专制制度的废墟上
铭刻下我们的姓名！

（高　莽　译）

多么惬意[1]

多么惬意！……可是，天哪，聆听你的细语，
望着你温柔的目光，又多么让人惊悸……
你那笑靥，你那动人的流睇，
你那炽热神奇的谈吐，我怎能忘记！
神奇的女人啊，我为什么要和你相遇——
认识了你，我尝到了人间乐趣——
并对自己的幸福产生了妒忌。

（高莽 译）

---

[1] 这是诗人的草稿片段。

一八一九年

致奥·马松[1]

奥莉加，库普律斯的教女，
奥莉加，美的奇迹，
你已习惯于温柔爱抚，
你也能容忍种种委曲！
你用甜蜜激情的亲吻
搅乱我们的心绪，
你约定幽会的时间，
包含诱惑幸福的魅力。
我们带着爱的狂热
按时奔赴幽会之地，
我们咚咚敲门——听到的
是你百次狡猾的絮语，
还有婢女昏沉沉的怨言，

---

[1] 奥莉加·马松是彼得堡上流社会的名媛，生于1796年，死于1830年以后。

还有拒之门外的嘲弄戏谑。

　　为了欢腾的欲悦,
为了普里阿浦斯的把戏,
为了温存,为了金迷,
为了你的妩媚艳丽,
奥莉加,委身于享乐的美女,
听听我们爱恋的哭泣——
为我们安排一个准确的时间吧,
让我们彻夜狂欢,忘乎所以。

(高　莽　译)

乡 村[1]

我向你致敬，这荒芜的角落，
这安详、劳作和灵感的古堡，
我无形岁月的河水在这里流淌，
在幸福和忘情的怀抱。
我属于你，我用放浪的美女迷宫，
用欢乐、迷惑和奢侈的宴席，
换得树林平和的絮语和田野的宁静，
换得自由的节日和女友般的沉思。

我属于你，我爱这幽暗的花园，
花园清凉，繁花竞放，
我爱这堆满芬芳草垛的牧场，
明亮的溪流在灌木间潺潺作响。

---

[1] 此诗写于1819年7月，普希金当时被软禁在他父母的庄园米哈伊洛夫斯科耶。

我的眼前是移动的画卷；
我看到两片蔚蓝的湖面，
渔夫的帆时而在湖上泛出白光，
对岸是绵延的山冈，纵横的田地，
远处散落着座座农房，
湿润的湖岸走着成群的牛羊，
烘房青烟缭绕，磨坊风车旋转；
一派富足和劳动的景象……

在这里，摆脱忙乱生活的镣铐，
我学习在真理中寻找幸福，
用自由的心灵崇敬法律，
不去理会愚昧群氓的嘀咕，
对羞怯的哀求报以同情，
不羡慕他们的命运，
占据不义高位的恶人或蠢货。

历代的圣贤啊，我在此向你们发问！
在这庄严的僻乡，
你们欢乐的声音更加清晰。
这声音驱走忧郁的懒梦，
让我生出劳作的热情，
你们创造性的沉思，

正成熟在我的心底。[1]

但可怕的念头在此笼罩心灵:
在生机勃勃的群山和地头,
人类的朋友忧愁地发现,
到处是愚昧的致命耻辱。
不见眼泪,不听呻吟,
走运的野蛮老爷们戕害人民,
他们没有感情,也不懂法律,
挥起强制的绳鞭,把劳动、
财产和农夫的时间据为己有。
扶着他人的犁,在皮鞭下屈服,
孱弱的奴隶们在这里挪动,
沿着狠心地主的垄沟。
农人们将重轭一直拖到坟墓,
不敢存有任何希望和欲求,
这里的少女鲜花盛开,
只是为了让无情的恶棍玩弄。
衰老的父亲依赖的亲人,
年轻的儿子,劳动的战友,
却要离开自己的草屋,

---

[1] 到这句为止的此诗前半段于1826年以《幽居》为题发表,内容是对米哈伊洛夫斯科耶的描写。沙皇亚历山大一世听说普希金写有危险诗作,要看普希金的作品,普希金便呈上此诗前半段,沙皇看后居然因诗中的"善良情感"而对普希金表示感谢。后半段则因明显的反农奴制倾向在当时无法公开发表,以抄本形式流传。

去壮大苦难奴隶的数目。
啊，愿我的声音能震撼心灵！
我的胸中为何燃烧枉然的热情，
命运为何不赐我雄辩的天赋？
哦朋友们！我能否看到解放的人民，
看到农奴制在沙皇圣谕下废除，
看到文明自由的灿烂霞光，
最终在祖国大地喷薄而出？

(刘文飞　译)

欢乐的宴席

我喜爱黄昏的宴席。
欢乐是宴席的主人,
而自由,我的偶像,
是餐桌边的立法人,
直到天亮,"喝!"
始终压倒喊叫的歌声,
客人的圆圈越来越松,
酒瓶的圆圈却越来越紧。

(刘文飞 译)

致丽拉

丽拉，丽拉呀！我正经受
凄怆郁闷的煎熬，
我愁肠百结，快要死了，
我心中的烈火也将熄灭，不再燃烧；
我的爱纯属自作多情：
任你把我嘲笑。
笑吧，丽拉：你那无动于衷的美
同样使你显得娇艳妖娆。

（高莽 译）

一八二〇年

你 和 我[1]

你腰缠万贯，我身无分文；
你是散文家，我是诗人；
你脸蛋红润像朵罂粟花，
我枯瘦如柴像个死人。
你身居高楼华屋，
从不知愁吃愁穿；
我偎在干草上度日
愁这愁那处处艰难。
你没有事就畅饮美酒，
吃得香，喝得甜，
你甚至懒得迈开脚步
去光顾一下大自然；
我啃完又干又硬的面包，

1　这首诗是抨击亚历山大一世的。"你"指沙皇。当时这首诗以手抄本形式流传。

再喝上酸淡的生水一碗，

马上就得从顶屋奔到百丈外

到该去的地方排泄一番。

你周围有一群奴仆，

你眼冒凶光专横跋扈，

你用又细又软的棉纸

擦你那又肥又胖的屁股；

可是我的可怜的腚眼儿呀，

享受不到婴儿般的照顾，

只好用赫沃斯托夫[1]的颂诗硬纸来擦，

皱着眉头，也得对付。

（高　莽　译）

1　德·伊·赫沃斯托夫（1756—1835），一个身居高位的拙劣诗人。

我不惋惜你们，我的青春岁月

我不惋惜你们，我的青春岁月，
枉然爱情的幻想中流逝的岁月，
我不惋惜你们，哦黑夜的秘密，
情欲的排箫歌咏过的秘密；

我不惋惜你们，不忠的友人，
宴席的桂冠和轮饮的酒杯，
我不惋惜你们，负心的少女，
沉思的我在逐渐疏远欢愉。

但你们在哪里，那动人的时刻，
当青春充满希望，心灵充满宁静，
早先的热情和灵感的泪水在哪里？
你们回来吧，我的青春岁月！

（刘文飞　译）

白昼的巨星已经暗淡 [1]

白昼的巨星已经暗淡；
黄昏的雾落在蓝色的海上。
响吧，响吧，顺从的帆，
在我的脚下汹涌吧，忧郁的海洋。
我望见了遥远的海岸，
南方的土地那神奇的边缘；
怀着激动和忧愁驶向那里，
我沉浸于回想……
我感到眼中再次涌出泪水；
心涛在翻滚起伏；
熟悉的幻想在身旁飞翔；
我忆起往日疯狂的爱情，
所有的痛苦，所有的欢乐，

---

[1] 普希金在与拉耶夫斯基一家自刻赤前往古尔祖夫的轮船上写下这首哀歌。

愿望和希冀的痛苦欺诳……
响吧，响吧，顺从的帆，
在我的脚下汹涌吧，忧郁的海洋。
飞吧，船儿，带我去向远方，
踏过狡猾大海的凶狠发作，
但不是去往我朦胧故乡
那悲哀的海岸，
就是在那里，感情
第一次燃出火光，
柔情的缪斯悄悄对我微笑，
我失却的青春
在风暴中早早凋谢，
在那里，轻佻的欢乐背叛了我，
把冷漠的心投进忧伤。
我是新感受的探寻者，
我逃离你们，我的故乡；
我逃离你们，享乐的产儿，
短暂青春岁月的短暂友人；
还有你们，罪恶迷惘宠幸的女郎，
为你们，我虽无爱情却奉献了自己，
奉献了自由和心灵，安宁和荣光，
我已将你们遗忘，负心的少女，
我金色春天的秘密女友，
我已将你们遗忘……但早先的创伤，

那深深的爱情创伤,仍留在心上……
响吧,响吧,顺从的帆,
在我的脚下汹涌吧,忧郁的海洋……

(刘文飞 译)

飞驰的云阵渐渐稀疏[1]

飞驰的云阵渐渐稀疏,

忧愁的星辰,傍晚的星辰,

你的银光洒向荒凉的平原,

沉睡的河湾,深暗的山顶;

我爱高天上你微弱的光芒:

它唤醒我心中昏睡的思想。

我记得你的升起,熟悉的星辰,

你照耀我心爱的宁静之乡,

挺拔的白杨在山谷耸立,

温柔的香桃和黝黑的柏树在沉睡,

南方的波浪甜蜜地歌唱。

在山间,心中充满想象,

我在海边打发慵懒的思绪,

---

[1] 1820年11月至1821年2月,普希金应邀做客达维多夫兄弟位于基辅郊外的庄园卡缅卡,在这段时间里写下此诗。

当夜的暗影攀上农舍的屋顶，

一位少女[1]在黑暗中寻你，

假装呼唤女友的芳名。

(刘文飞 译)

---

1 可能指拉耶夫斯基将军的女儿叶卡捷琳娜。

一八二一年

缪　斯[1]

在我幼小的时候她爱过我，

将一把七管排箫递到我手上。

她面带微笑倾听我，轻轻地，

按着空芦管上鸣响的洞眼，

我柔弱的手已经能够奏响

诸神授意的庄重颂歌，

弗利基亚牧人[2]和平的歌唱。

从早到晚，在宁静的树荫下，

我专心倾听这隐秘姑娘的课程，

用偶尔的奖赏让我高兴，

她撩开可爱额头的秀发，

---

[1] 普希金很喜欢此诗，多次将它题写在他人的纪念册上，并称此诗"具有巴丘什科夫的韵味"。
[2] 弗利基亚人是古代小亚细亚西北部地区的居民。

从我的手上接过竖笛。

芦管因神的气息再生，

我的心也充满神圣的赐予。

（刘文飞　译）

我很快将沉默

我很快将沉默！……但在忧伤的日子，
如果琴弦能以沉思的鸣响把我回应；
如果那些青年默默地倾听我，
为我长久的爱情折磨而吃惊；
但如果你自己，沉浸于感动，
寂静中反复吟诵悲伤的诗句，
你会爱上我心灵热情的话语……
但如果我被爱上……哦亲爱的朋友，
请允许我用美丽情人神秘的名字，
为我的竖琴道别的声音注入生气！……
当死亡的梦永远把我笼罩，
请你在我的坟头动情地轻唤：
我爱过他，他应当感谢我，
因为最后的歌声和爱的灵感。

（刘文飞　译）

征　兆

你要努力观察不同的征兆：
年纪轻轻的庄稼汉和牧羊人，
看看天空，看看西天的云，
就能预言起风还是天晴，
五月的雨是新生田地的欢乐，
早来的寒流会危及葡萄。
如果有天鹅傍晚游出，
在静静的水面向你鸣叫，
或是明亮的太阳躲进乌云，
记住：暴雨明日将惊醒姑娘，
或有冰雹砸窗，早起的农夫，
要去山冈收割长高的牧草，
听暴雨呼啸，便不去劳作，
再次慵懒地躺下睡觉。

（刘文飞　译）

一八二二年

致希腊女郎[1]

你生来就是为了点燃

诗人们的想象,

用亲切活泼的问候,

你激起并俘虏那幻想,

用奇异的东方语言,

用镜子般闪耀的眼睛,

用这只玉足的放浪……

你生来就是为了柔情,

为了激情的欢畅。

请问,当莱拉的歌手[2]

怀着天堂般的憧憬,

描绘他不渝的理想,

---

[1] 这位"希腊女郎"名为卡里普索·波里赫罗尼（1803—?）,据说是拜伦的情人,希腊起义后她从君士坦丁堡逃至基什尼奥夫,普希金1823年曾致信维亚泽姆斯基,邀请后者前往基什尼奥夫,并许诺向后者介绍一位"与拜伦接过吻的希腊女郎"。

[2] 莱拉是拜伦的长诗《异教徒》中的女主人公,"莱拉的歌手"指拜伦。

那位痛苦的可爱诗人，
再现的就是你的貌相？
也许，在遥远的国度，
在希腊神圣的天幕下，
那位灵感的受难者，
见到你，像是在梦乡，
他便在心灵的深处，
珍藏这难忘的形象？
也许，那魔法师迷惑你，
把他幸福的竖琴拨响；
一阵不由自主的颤抖，
掠过你自尊的胸膛，
于是你便靠向他的肩膀……
不，不，我的朋友，
我不想怀有嫉妒的幻想；
我已长久疏远幸福，
当我重新开始享用，
隐秘的忧愁却将我折磨，
我担心：可爱的人都不忠。

(刘文飞　译)

囚 徒[1]

我坐在潮湿牢房的铁栅旁。
年轻的鹰,在监禁中被喂养,
我忧郁的同伴啊,它正在窗下
啄着带血的食物,拍打翅膀,

它啄着,扔着,望着窗户,
好像与我想着同样的心事。
它用目光和鸣叫把我呼唤,
它想说:"我们一起飞去!

"我们是自由的鸟;是时候了,兄弟!
飞去天边白雪皑皑的山冈,
飞去闪耀着蔚蓝的海洋,
飞去只有风……和我散步的地方!……"

(刘文飞 译)

---

[1] 普希金被流放南俄时,在基什尼奥夫要塞中看到一只笼中鹰,他触景生情,作出这幅诗歌自画像。

一八二三年

小　鸟[1]

我在异乡神圣地遵守
故乡那古老的风俗：
我在春天的复活节，
给一只小鸟以自由。

我开始感到安慰；
既然我能够赐予
哪怕一个造物以自由，
我何必再抱怨上帝！

（刘文飞　译）

---

[1] 此诗写于普希金被流放南俄时期，普希金曾把此诗寄给友人格涅季奇，并附言道："您知道俄国农民在复活节放飞小鸟的动人风俗吗？现给您寄上一首描写这一风俗的诗。"

夜

我说给你听的温情私语，
惊动了黑夜迟到的宁静。
忧伤的蜡烛在我床前燃烧，
我的诗聚成小溪，哗哗流淌，
爱的溪流中印满你的倩影。
黑暗中你的目光在我眼前闪亮，
在对我微笑，我听到了絮语：
我温柔的朋友……我爱你……
我是你的人……你的人！……

（刘文飞　译）

恶 魔[1]

曾几何时，我好奇
所有的生活印象，
姑娘的目光，树林的喧闹，
夜莺在夜晚的歌唱，
当崇高的感情，
自由、爱情和荣光，
充满灵感的艺术，
让人热血激荡，
希望和享受的时日
却突然罩上忧伤，
有个恶毒的天才，
秘密将我造访。
我们的相会很忧愁：

---

[1] 有人认为此诗写的是亚历山大·尼古拉耶维奇·拉耶夫斯基（1795—1868），但普希金在其《关于〈恶魔〉一诗》中写道，他借助"恶魔"形象"体现了一种否定或怀疑的精神"。

他的笑容，奇异的目光，
他刻薄的谈吐像毒药，
冰冷地注入心房。
用滔滔不绝的诬陷，
他在引诱天意；
他用幻想呼唤美；
他对灵感很鄙视；
他不相信自由和爱情；
嘲讽地看着生活，
他不想去祝福
自然中的任何东西。

(刘文飞　译)

你能否原谅我嫉妒的幻想[1]

你能否原谅我嫉妒的幻想,

我的爱情那疯狂的激荡?

你忠诚于我,可你为何

又总是喜欢惊吓我的想象?

成群的崇拜者将你环绕,

你为何爱对众人展露你的可爱,

把空洞的希望赐给每个人,

用你温柔又忧伤的神奇目光?

你主宰了我,蒙蔽了我的理智,

你对我不幸的爱情确凿无疑,

你却看不见,置身激动的人群,

我远离着交谈,只身不语,

忍受孤独烦恼的折磨。

不理我,不看我……残酷的朋友!

---

[1] 此诗写给阿玛丽娅·里兹尼奇(1803?—1825),她是一位住在奥德萨的意大利批发商的妻子,在返回意大利后因肺病而死,普希金在《叶夫盖尼·奥涅金》等作品中多次提到她的名字。

我想逃开，你的眼睛也不会
追随我，带着担心和恳求。
即使另一个美人与我
进行一场双关的交谈，
你仍无动于衷；你欢心的责备
让我寒心，那里没有爱情。
再问一句：我那永恒的情敌，
为何狡猾地向你致意，
每当他见你我单独在一起？……
他是你什么人？请问，
他有什么权利愤怒和吃醋？……
在傍晚到天亮的不检点时辰，
母亲不在，孤身的你半裸身体，
为何要将他迎到屋里？……
可是你爱我……和我在一起，
你多么温柔！你的亲吻，
多么热烈！你爱情的话语
真诚地充满了你的心！
我的痛苦会使你可笑；
可是你爱我，我知道你的心。
我亲爱的朋友，求你别再折磨我：
你不知道，我的爱多么强烈，
你不知道，我的苦多么深重。

（刘文飞　译）

我是孤独的自由播种者

> 一个撒种的出去撒种。[1]

我是孤独的自由播种者,
披星戴月早早地出门;
用一只纯洁无瑕的手,
在一道道被奴役的垄沟,
我撒下生机勃勃的谷种,
我失去的只是时间,
宝贵的思想和劳动……

吃草吧,温顺的人民!
正义的呼声唤不醒你们。
自由的赐予对牲口何用?

---

[1] 引自《圣经·新约全书·马太福音》第13章第3节。

它们只配被宰割，被剃毛。
带着铃铛的重轭和鞭子，
才是它们的世代传家宝。

（刘文飞　译）

致戈利岑娜公爵夫人[1]

关于她的回忆,早就
深藏在我的内心深处,
她那转瞬即逝的顾盼,
一直是我的幸福。
我吟着动人的诗句,
那忧伤的生动声响,
被她可爱地重复着,
她在用心灵注释诗行。
她再次怀着同情倾听
眼泪和隐秘痛苦的竖琴——
此刻她却向那竖琴
递过她迷人的声音……
好了!高傲的我

---

[1] 玛丽娅·阿尔卡季耶夫娜·戈利岑娜（1802—1880），著名统帅苏沃洛夫的孙女,普希金在彼得堡就与她相识,1823年在敖德萨再次与她相遇。

也会想到，满怀着感激：
我的荣誉归功于她，
灵感或许也是她的赐予。

（刘文飞　译）

生命的大车[1]

尽管它立即背上重负,
大车仍在轻盈地行走;
大胆的车夫,白发的时间,
驾着大车,不离车座。

我们在清晨坐上大车;
我们鄙视慵懒和温柔,
兴高采烈地快速驰骋,
我们高喊:走!……

正午时却失去勇气;
我们已受够颠簸;
我们更怕陡坡和壕沟;

---

[1] 此诗暗含着当时流行的一组隐喻,如"生命即旅程""青春即清晨""中年即正午""暮年即傍晚""死亡即黑夜"等。

我们高喊：轻点，蠢货！

大车像从前一样滚动；
傍晚时我们已经适应，
我们惺忪地赶到宿营地，
时间却仍在策马前行。

（刘文飞　译）

一八二四年

静立的卫兵在皇宫前瞌睡[1]

一

静立的卫兵在皇宫前瞌睡,
宫殿中的北方主宰孤身一人,
他无言地不寐,大地的卜签
拥挤地躺在那戴皇冠的脑中,
连续不断地涌出,
给世界带来平静奴役的馈赠——

二

这主宰本人也惊异于他的事业。
此为好事,他想,于是将目光
从台伯河屏障投向维斯瓦河和涅瓦河,

---

[1] 此诗是对亚历山大一世的抨击。

从皇村的椴树投向直布罗陀的要塞,
一切都在静候打击,
一切都已倒下,在重轭下低垂头颅。

三

他说道:"大功已告成!曾几何时,
世界各民族都在颂扬那个伟大偶像,
……………………
……………………
……………………
…………………… 1

四

"曾几何时,衰老的欧洲在狂怒?
德意志在因新的希望而沸腾,
奥地利在摇晃,那不勒斯在挺身,
曾几何时,在比利牛斯山的那边,
自由已在左右人民的命运?
只有北方还笼罩着专制的阴云?

五

"曾几何时——你们何在,自由的使者?

---

1 这四行省略为原文所有。

怎么？请雄辩吧，寻求天赋人权吧，
去鼓动疯狂的人群吧，哲人们，
恺撒在此，可布鲁图何在？哦威严的雄辩家，
快来亲吻俄罗斯的权杖，
亲吻这践踏了你们的钢铁脚掌。"

六

他刚说完，有个幽灵无形地飞来，
飞来又隐去，隐去又飞来，
突然袭来的寒意包裹了北方的主宰，
他困惑地将目光投向皇宫大门，
夜半的声响已传来，
这位不速之客已走进皇宫。

七

这就是那位神奇的丈夫，天意的使者，
是不可知命令的注定执行人，
是皇帝们也要向其低头的骑士，
是叛逆的自由之继承者，凶手，
这就是冷酷的吸血鬼，
是像梦像清晨霞光一样消亡的皇帝。

八

无论是悠闲的生活的慵懒皱纹，

无论是滞重的步态和早生的白发,
还是愁郁的双目那苍白的火焰,
都未表明他是被放逐的英雄,
他会遵循皇帝们的嗜好,
在茫茫大海中忍受孤寂的折磨。

九

不,他的目光神奇、生动、飘忽,
时而投向远方,时而突然咄咄逼人,
像战神,像一道闪电掠过长空;
他健康、勇敢,充满了力量,
这威严的西方主宰,
突然出现在那位北方主宰的身旁。

十

这就是他,在奥斯特里兹平原,
巨手曾驱走北方的军团,
俄国人第一次在死神面前逃亡,
这就是他,带着胜利的协定,
带着和平和耻辱,
在蒂尔西特面对着年轻的沙皇。

(刘文飞 译)

书商和诗人的谈话[1]

书商

诗句对于您只是游戏,
您只要坐上一小会儿,
荣誉顿时就会响起,
向各处传递最好的消息:
据说,长诗已经写就,
这是智慧思想新的果实。
请您决定吧;我等您的话:
请您自己给长诗开个价。
缪斯和美神之宠儿的诗句,
我们立即就能兑换成卢布,
我们要把您的一页页手稿,

---

[1] 此诗写于1824年9月26日,后作为《叶夫盖尼·奥涅金》第一章的序言发表。

转化为一摞摞的钞票……
您为何还在深深地叹息,
能否让我知道?

诗人

我想得很远;
我回忆起那段时光,
那时我是无忧的诗人,
心中充满各种希望,
因灵感而写作,不计酬报。
我又见到峭崖上的居所,
那幽暗的隐居之地,
时常,我会将缪斯
邀请至想象的宴席。
我的声音在那里更甜,
明亮的幻象在那里更久,
带着难以形容的美丽,
它们在我头上翱翔,
在灵感袭来的夜里!……
一切都在激动温情的智慧:
盛开的牧场,皎洁的月亮,
旧教堂里风暴的呼啸,
老太太神奇的故事。
一个恶魔控制住了

我的闲暇和我的游戏；
它随着我飞到各处，
对我絮语奇异的声息，
沉重、火热的病态，
于是充满我的脑际；
脑中诞生出神奇的幻想；
我那十分顺从的话语，
于是平稳匀称地流淌，
并被镶上响亮的韵律。
在和谐上可与我匹敌，
是森林的喧嚣，狂风的呼号，
或是黄鹂生动的鸣啼，
夜间大海的深沉咆哮，
潺潺小溪的轻轻低语。
此时，在默默的劳作中，
我并不准备去与民众
分享我热烈的欢喜，
我并不想以可耻的贸易
去贬低缪斯甜蜜的赐予；
我在吝啬地将它们看护：
正如一位迷信的情郎，
满怀着默默的高傲，
珍藏年轻姑娘的馈赠，
不让虚伪的人们去瞧。

书商

但荣光已经取代
您隐秘幻想的欢畅:
您被人们争相传阅,
与此同时,大堆的诗文,
却在尘土中静躺,
徒劳地等待着读者,
等待轻浮的奖赏。

诗人

幸福的人,能够珍藏
心灵那崇高的创造,
他不希求人们的赞赏,
一如不希求坟墓的回响!
幸福的人,静静地做诗人,
不愿头顶荆棘般的荣光,
无名无声地离开人世,
为可鄙的俗民所遗忘!
比梦中的希望更虚妄,
什么是荣光?读者的絮语?
是卑劣小人的迫害?
还是一个蠢人的赞赏?

书商

拜伦勋爵有过这种意见；
茹科夫斯基也这样讲；
但世人仍然承认仍然抢购
他们音韵甜蜜的创造。
您的命运实在令人羡慕：
诗人杀人，也可给人加冕；
他能用永恒箭矢的雷霆，
在遥远的后世战胜恶人；
他能够给英雄以安抚；
他能把情人与科丽娜一起，
带上西色拉的宝座。
吹捧对于您是无聊的喧嚣；
但女人的心却需求荣光：
请您为她们而写作；她们
爱听阿那克里翁的奉承：
年轻时，我们更珍重玫瑰，
远胜过赫利孔山的月桂。

诗人

这些自我欣赏的幻想，
疯狂的青春时代的游戏！
在喧嚣生活的暴风雨中，

我在寻求美人的注意。
迷人的眼睛在阅读我,
带着充满爱情的笑意;
神奇的芳唇对我絮语,
道出我甜蜜的诗句……
但是够了!一个幻想家,
不会为她们牺牲自由;
让她们的青年歌唱吧,
他是大自然宠爱的骄子。
与她们何干?如今,
我的生活在幽居中静逝;
忠诚竖琴的呻吟不会
触动她们轻浮的心灵。
她们的想象并不纯洁:
那想象无法理解我们,
对于灵感这神的征兆,
她们觉得既可笑又陌生。
当我情不自禁地忆起,
因为她们而写的诗句,
我就会脸红,感到心疼:
为我的偶像而害羞。
我这不幸的人在追求什么?
我高傲的智慧对谁低头?
怀着纯洁思想的喜悦,

我不羞于对何人俯首？……

书商

我喜欢你的愤怒。这才是诗人！
那些使您痛苦的原因，
我不清楚；但是难道，
对于可爱的太太就无例外？
难道就没有一位女人，
能以她万能的美丽，
配得上您那些
诗歌中的灵感和激情？
您在沉默？

诗人

沉重的梦，
为何要惊动诗人的心？
他在枉然地把记忆折磨。
怎么了？与世界何干？
我对一切都感到隔膜！……
我的心还藏着难忘的形象？
还知道爱情的幸福？
我因长久的愁苦而疲惫，
在寂静中隐藏着泪珠？
她在哪里，她的双目，

曾天空似的对我微笑？
一生，是一晚还是两夜？
.... 1
怎么？爱情枯燥的呻吟，
我的话语不过是
一个疯子野蛮的乱语。
只有心能理解它们，
那颗心在忧伤地战栗：
命运已经做出决定。
啊，对枯萎心灵的回想，
能使青春重新振奋，
那往日诗歌的梦境，
又会成群结队地苏醒！……
只有她一人能够理解
我那些朦胧的诗行；
像一盏纯洁爱情的灯，
只有她在心中闪亮！
唉，那些徒劳的愿望！
她已拒绝了我的心中
那些恳求、祈祷和忧伤：
不需要尘世欢乐的流露，
她就像女神一样！……

1　原稿中此行空缺。

书商

原来,您是为爱情所累,
因流言蜚语而苦恼,
因此才过早地将您
充满灵感的竖琴丢掉。
如今,离开喧闹的尘世,
缪斯和轻浮的时髦,
您选择了什么?

诗人

自由。

书商

好!您就请听我的劝告;
请倾听这有益的真理:
我们的时代就是商贩;
在这样一个铁的时代,
没有金钱就没有自由。
什么是荣光?就是歌手
褴褛衣衫上显眼的补丁。
我们需要黄金,黄金,黄金;
请积蓄无尽的黄金!
我已预见到您的反驳;

但我理解您，先生：

您珍重您的创作，

这劳作的热情中，

想象尚在汹涌，沸腾；

等到那想象一冷却，

您就会厌恶您的作品。

请容许我向您坦陈：

灵感虽然不能变卖，

但手稿却可以出售。

还等什么？性急的读者

已经来到我的门口；

办报刊的人在书店转悠，

她们身后是瘦削的歌手；

有人需要讽刺的食粮，

有人为心，有人为笔；

我承认，我已预见到，

您的竖琴能让我大赚一笔。

诗人

您说得完全正确。拿去吧，

这是我的手稿。我们成交。

(刘文飞 译)

致大海[1]

别了,自由的原素!
在我的面前,最后一次,
你翻滚起蓝色的波涛,
你闪现着高傲的美丽。

像是友人哀伤的怨诉,
像是他分手时的呼叫,
最后一次,我又听到
你忧郁的、召唤的咆哮。

我的心灵向往的疆界!
静静的而又朦胧的我,
时常徘徊在你的岸边,

---

[1] 普希金在结束南方流放、离开敖德萨时写下此诗。

因为隐秘的企图而愁苦!

我多么爱您的回声,
那低沉的深渊之音,
我爱你傍晚的宁静,
也爱你任性的激情!

渔人们恭顺的船帆,
为你的意志所护佑,
勇敢地在细浪上滑过;
但难以征服的你一旦发怒,
成群的船只就会沉没。

我没能永久地离开
这枯燥死寂的海岸[1],
没能用喜悦向你祝贺,
没能让我诗歌的逃亡,
走上你的波峰浪谷!

你等待你呼唤……我却被束缚;
我心灵的挣脱也枉然:
为强烈的激情所诱惑[2],

---

1 普希金当时曾尝试自敖德萨经海路逃往欧洲,但未成功。
2 应指普希金对伊·克·沃隆佐娃(1790—1880)的恋情。

我于是停留在海岸……

有什么可惋惜呢？如今，
我无忧的路通向何方？
能使我的心灵感到震惊，
只有你荒原中的地方。

一座悬崖，荣光的坟墓……
在那里，崇高的回忆
纷纷沉入凄冷的梦境：
拿破仑在那里死去[1]。

在那里，他在痛苦中死去。
随他而去，像风暴的呼声，
另一位天才离我们而去，
我们思想的另一位主人[2]。

他去了，自由在哭泣，
他把桂冠留给了世界。
咆哮吧，在风暴中汹涌：
哦大海，他是你的歌手。

---

1 拿破仑自1815年起被囚禁于圣赫勒拿岛，1821年在该岛死去。
2 指拜伦，拜伦1824年4月死于希腊。

你的形象现在他身上,
他为你的精神所创造:
像你,他强大、深沉、忧郁,
像你,什么也不能将他击倒。

世界空了……海洋啊,
如今你要把我带向何方?
人间的命运到处一样:
有一星利益,就有占有,
就有教育或专制的帝王。

别了,大海!我不会
忘记你庄严的美丽,
我将久久、久久地倾听
傍晚时分你的絮语。

我的心中充满着你,
我要将你的涛声和暗影,
将你的悬崖和海湾,
带向无声的荒原和森林。

(刘文飞 译)

夜晚的和风[1]

夜晚的和风,
在空中掠过。
在轰鸣,
在奔流,
瓜达尔基维尔河[2]。

金色的月亮已升在天上,
轻点儿……听,吉他在响……
一位年轻的西班牙女郎,
正弯腰站在阳台上。

夜晚的和风

---

[1] 此诗首发于《1827年文学集刊》,原题为《西班牙浪漫曲》,并配有 A. H. 维尔斯托夫斯基所作的曲。
[2] 西班牙的一条河流。

在空中掠过，

在轰鸣，

在奔流，

瓜达尔基维尔河。

摘下面纱吧，可爱的天使，

像晴朗的白日露出面容！

透过生铁制成的栏杆，

把你神奇的脚伸到外头！

夜晚的和风，

在空中掠过，

在轰鸣，

在奔流，

瓜达尔基维尔河。

（刘文飞 译）

朔 风[1]

威严的朔风啊,你为何
要把河畔的芦苇吹弯?
你为何要愤怒地把云朵
向着遥远的天边驱赶?

大堆的黑云刚刚弥漫,
沉沉地覆盖了天际,
山上的橡树刚刚舒展,
显示出骄傲的美丽……

可你挺起身,你在呼啸,
你轰鸣着雷霆和荣誉,
你驱尽风暴的乌云,

---

[1] 朔风,即冬天的风,寒风。

把高大的橡树连根拔起。

让太阳明朗的脸庞,
从此欢乐地闪亮,
让微风与薄云嬉戏,
芦苇的绿波轻轻荡漾。

(刘文飞　译)

致巴赫奇萨赖宫的泪泉[1]

爱情的泉,鲜活的泉!
我给你带来两朵玫瑰。
我爱你不绝的絮语,
爱你诗意的眼泪。

你银色的雾打湿我,
像是冰凉的露珠:
啊流吧,流吧,欢快的泉,
把你的往事对我讲述……

爱情的泉,忧伤的泉!
我向你的大理石提问:
我读到故乡的颂歌;

---

[1] 这座"泪泉"由克里米亚可汗建于1764年,据说为纪念他钟爱的一位小妾。

你却对玛丽娅默不作声……

暗淡的后宫星辰啊！
在此你难道已被遗忘？
莫非玛丽娅和扎列玛，
同样是幸福的幻想？

莫非只是想象的梦
现身荒凉的暗影，
在描绘它逝去的梦境，
描绘心灵朦胧的憧憬？

（刘文飞　译）

一八二五年

焚烧的情书[1]

永别了,情书!永别——是她的叮嘱。

我久久地拖延!手儿也久久地踌躇,

它不肯把我的满腔欢乐化为灰烬!……

可是这又何必,时候到了。燃烧吧,爱的信。

我有准备;我的心儿不愿聆听任何劝告。

贪婪的火苗将把情书一页页地吞掉……

只消一分钟!……着了!燃烧——一缕轻烟

袅袅冉冉,伴随我的祷告一起飘散。

火漆已经熔化,从此再也看不见

钟情的指纹……啊,预见!终于实现!

焦黑的信纸就在眼前,弯弯曲曲;

轻飘飘的死灰上还残留着白色的痕迹……

---

[1] 这首诗充满了对伊·克·沃隆佐娃的怀念。普希金流放南方在敖德萨供职期间与她相识,一直对她十分钟情。

我的心儿抖抖瑟瑟，多情的灰烬呀，
你是我凄苦命运中的惨淡的安慰，
请你永远留驻在我的悲凉的心底……

（高莽译）

给朋友们[1]

我的仇敌,我暂且一言不发……
我那迅速爆发的怒火,似已熄灭;
但我从不让你们离开我的视野,
迟早我会把你们中间某人捉拿:
我会突然地、无情地俯冲而下,
谁也逃不脱穿透胸膛的利爪。
贪婪的雄鹰就是如此盘旋环绕,
盯视着地上的火鸡与鹅鸭。

(高 莽 译)

---

[1] 这首诗最初在《莫斯科电讯》上发表时,标题是《致期刊的朋友们》,署名亚·普。它并非专为文学界的"朋友们"写的,而是含有某种政治意义。1825年7、8月之交,他在致雷列耶夫的信中,甚至把亚历山大一世也讽称为"我们的朋友"。也许正因为如此,普希金才在布尔加林(当时还没有站到反动派一边去)办的《北方蜜蜂》杂志上发表声明:亚·谢·普希金请求《北方蜂蜜》出版者通告诸位读者,他在《莫斯科电讯》第三期第215页上发表的诗,标题《致期刊的朋友们》应读作《给朋友们》。

渴望荣誉[1]

当爱情与安谧使我沉迷，
我跪在你的面前，默默不语，
端详你的脸，我想：你属于我，——
你知道，亲爱的，我是否在追求荣誉；
你知道：我从浮华的社会中解脱，
不愿再忍受诗人虚名的折磨，
风风雨雨弄得我筋疲力尽，
不再理睬远处的阵阵捧场与谴责。
当你低头向我送来郁郁的目光，
当你把手轻轻地放在我的头上，
当你悄悄地问我：你可幸福？你可爱我？
那时候啊，任何的宣判又能奈我何？
你还会像爱别的女人那样爱我？你说，

---

[1] 这首诗是献给伊·克·沃隆佐娃的。

你，我的朋友，会永远把我藏在心窝？
那时我感到困惑，我保持了沉默，
我整个身心都充满了欢乐，我思量，
根本不要去想未来的事情，永远
不会有可怕的别离的时刻……
结果呢？眼泪、苦恼、变心、诽谤，
突然一下子都在我的头上降落……
我怎么了，我在何处？我木然伫立，
像是在旷野上遇到了电打雷劈，
我眼前的一切都变得昏暗！如今
我为新的愿望所追逼：
我渴望荣誉，好让我的名字
时刻响彻你的耳际，让我把你
包围起来，让我把身旁的一切响声
都紧紧地和我联系在一起，
让你在寂静中倾听忠告时
也要想起我在花园中，在黑夜里，
在分别时最后道出的乞求的话语。

(高 莽 译)

献给普·亚·奥西波娃

我也许不会再享有多少
流亡生活中的平静时间,
不会再为缠绵的往昔哀叹,
我这颗无忧无虑的心不可能
再悄悄地把农村缪斯怀念。

但是,到了远方,到了异乡,
我凭借一往情深的思绪
还会来到三山村老家,
来到草原上、溪水畔、山冈旁,
来到家园中菩提树的阴凉下。

当明朗的白昼渐渐消遁,
思乡的孤魂有时就会

飞出幽暗的土坟,

飞回自己的家园,

用温柔的目光看望亲人。

(高莽 译)

致克恩[1]

我记得那美妙的瞬间：
你就在我的眼前降临，
如同昙花一现的梦幻，
如同纯真之美的化身。

我为绝望的悲痛所折磨，
我因纷乱的忙碌而不安，
一个温柔的声音总响在耳旁，
妩媚的形影总在我梦中盘旋。

岁月流逝。一阵阵迷离的冲动
像风暴把往日的幻想吹散，

---

[1] 安·彼·克恩（1800—1879），普·亚·奥西波娃的侄女。1819年在彼得堡舞会上，普希金第一次与她相会。1825年克恩去三山村姑母奥西波娃家消夏，三山村与米哈伊洛夫斯科耶毗邻，两人第二次相会，来往时间较长。克恩离开时，普希金将这首诗作为告别的礼物赠给了她。

我忘却了你那温柔的声音，
也忘却了你天仙般的容颜。

在荒凉的乡间，在囚禁的黑暗中，
我的时光在静静地延伸，
没有崇敬的神明，没有灵感，
没有泪水，没有生命，没有爱情。

我的心终于重又觉醒：
你又在我的眼前降临，
如同昙花一现的梦幻，
如同纯真之美的化身。

心儿在狂喜中跳动，
一切又为它重燃：
有崇敬的神明，有灵感，
有生命，有泪水，也有爱情。

（高　莽　译）

如果生活将你欺骗[1]

如果生活将你欺骗,
不必忧伤,不必悲愤!
懊丧的日子你要容忍:
请相信,欢乐的时刻定会来临。

心灵总是憧憬着未来,
现实总让人感到枯燥:
一切转眼即逝,成为过去;
而过去的一切,都会显得美妙。

(高莽 译)

---

[1] 这首诗题在普·亚·奥西波娃的女儿叶夫普拉克西亚·尼古拉耶夫娜·沃尔夫(1809—1883)的纪念册上。当时沃尔夫只有15岁。

饮 酒 歌

欢声笑语,为何静息?

响起来吧,祝酒的歌曲!

祝福爱过你们的各位妙龄妻子,

还有那些温柔的少女!

把一个个酒杯斟满!

把你们珍藏的戒指都拿出来!

扔进浓郁的酒里,

沉入作响的杯底!

大家把酒杯举起,一饮而光!

祝福缪斯,祝福理智万寿无疆!

你,燃烧吧,神圣的太阳!

在理智的永恒的阳光下

骗人的聪明明灭无常,

如同在灿烂的朝霞中

　　这盏油灯变得暗淡无光。

祝福太阳永在，但愿黑暗消亡！

（高莽 译）

草原上最后几朵花儿[1]

草原上最后几朵花儿
比早开的鲜花更可爱。
它们容易搅乱我们的心,
把悠悠的遐想勾起来。
所以,有时,离别的时刻——
比甜蜜的重逢更难忘怀。

(高 莽 译)

---

[1] 1825年10月16日晚秋季节,普·亚·奥西波娃给普希金送来一束花,这首诗因此而成。

10 月 19 日 [1]

森林脱去绛红的衣裳,
枯萎的田野披上银白的寒霜,
白昼仿佛无奈地照了一面,
随即躲进周围的山冈。
壁炉啊,燃烧在我空荡的斗室里,
而你,寒秋季节的良友,葡萄酒浆,
请把迷人的醉意注入我的心胸,
让我在瞬息中把辛酸苦辣遗忘。

我感到凄凉:没有一个友人在我身旁,
让我们一起用酒浇掉长别的忧伤,
没有人能让我由衷地握住他的手,

---

[1] 1811年10月19日是皇村学校创办开学的日子。普希金是该校第一届毕业生。这一届毕业生后来年年同一天在彼得堡聚会庆祝,形成传统。普希金为校庆日写过一组诗。《10月19日》是组诗中的第一首,写作此诗时他正被幽禁在米哈伊洛夫斯科耶。

并祝愿他愉快的日子地久天长。

如今我孑然一人对着酒；我的想象

徒然召唤我周围的朋友们前来赏光；

我听不到熟悉的声音靠近，

我的心也不再期待好友来访。

今天，朋友们在涅瓦河畔

会提到我……而我现在，独自酌饮。

你们那儿聚餐的人是否很多？

还有谁，你们没有见到他来临？

谁，违背了我们诱人的习惯？

冷酷的社会又使谁离开了你们？

谁没有来？你们中间还缺少什么人？

同学们相互招呼时，听不到谁的声音？

他没有到，两眼闪着火光，怀抱着

悦耳的吉他，我们头发蓬松的歌手[1]：

他静静地长眠在美丽的意大利的

桃金娘树丛下，然而却没有一位朋友

拿起雕刻刀，用他本国的文字

刻上几句话，在这个俄罗斯人的坟头。

---

1 指尼·亚·科尔萨科夫（1800—1820）。他是一位很有才华的业余作曲家。他为普希金的两首纪念校庆的诗谱了曲。

好让北方的游子在异国流浪时,
有一天,能发现这惨淡的问候。

眷恋他国天空的不知安静的人[1],
你现在可坐在自己的朋友中间?
或许你又穿行于炎炎的热带,
或许子夜在海上横跨永恒的冰川?
幸福的路程啊!……你开玩笑似的
跨出学校的门槛,一步踏上轮船,
从那时起,你的行程就在海上,
啊,波涛与风暴的宠爱的儿男!

你一生浪迹天涯,却保留了
我们风流年华的最初的习惯:
在汹涌的波涛中你忘不了
皇村学校的吵闹,皇村学校的寻欢;
你远隔重洋却把手伸给我们,
你把我们铭记在年轻的心间,
你一再重复:"也许是奥妙的命运
注定我们长期分离不得相见!"[2]

---

1 指费奥多尔·费奥多罗维奇·马丘什金(1799—1872)。皇村学校毕业后,参加了海军,1820—1824年赴北冰洋探险,1825年进行环球航行。
2 引自同班同学杰尔维格为纪念毕业而写的告别诗。

我的朋友们，我们的缘分瑰丽无比！
它是永恒的，不可分割，像一颗心——
它坚不可摧，自由而又无所顾忌，
友好的缪斯的爱护，使它变成璞玉浑金。
无论命运会把我们抛向何方，
无论幸福把我们向何处指引，
我们——还是我们：整个世界都是异乡，
对我们来说，母国——只有皇村。

从这里到那里，处处遭受雷雨追击，
我周旋于严酷的命运的罗网，
太疲惫了，我把诗人抚爱的头颅
战战兢兢地扑向新的友谊的胸膛……
我带着自己忧虑而迷乱的哀求，
怀着青年时期轻信的期望，
把温柔的心献给了别的朋友；
但是他们的冷遇让我更觉悲伤。

如今，在这被人忘却的偏僻的角落，
只有旷野的风雪和寒冷回荡的地方，
我竟然享受到了甜蜜的慰藉：
推心置腹的友人中竟有三人来访，

我拥抱了他们。噢,普辛[1]你第一个
到了我这个失宠诗人的家园,
你给流放的凄凉岁月带来了温暖,
你把这一天变成了对皇村学校的纪念。

你,戈尔恰科夫[2],天生的幸运儿,
你值得赞扬,福耳图那的冷光
没有能改变你自由的心;
对待荣誉、对待朋友,你和往日一样。
苛刻的命运为我们定下不同的道路;
一踏入生活,我们很快就分道扬镳:
可是当我们邂逅在乡间小路上,
我们还是像兄弟一样紧紧拥抱。

当命运在我的身上发泄愤恨,
我像个无家的孤儿,众目中的路人,
在暴风雨中我垂下沉重的头颅,
等待你,缪斯的代言人[3]来临。
你来了,慵懒的充满灵感的儿子,
啊,我的杰尔维格:你的声音

---

1 普希金的好友,十二月党人普辛,1825年1月是同学中第一个大胆地来到米哈伊洛夫斯科耶看望失宠的普希金的。
2 亚·米·戈尔恰科夫1825年9月从国外回来时,途经普斯科夫省,在他亲属的庄园住了几天。当时普希金专程去那里看望过他。
3 指安·安·杰尔维格。1825年4月,他来到米哈伊洛夫斯科耶,看望流放中的普希金。

唤醒了我心头酣睡多年的热忱,

于是我又振作精神,祝福命运。

我们胸中自幼燃烧着歌的火种,

我们享受过妙不可言的兴奋;

少年时代有两个缪斯向我们飞来,

她们的抚爱美化了我们的命运:

我那时已经喜欢听人鼓掌,

而你,骄傲的人,只为缪斯和心灵沉吟;

我任意挥霍自己的才华,如同挥霍生命,

而你,却不声不响地在培养自己的诗神。

效忠缪斯万不可无谓地空忙;

美的事物就应当显得壮丽辉煌;

然而,青春总是诡秘地给我们出主意,

我们自己也迷恋于热闹的幻想……

清醒过来吧——为时已晚!我们败兴地

回顾过去,看不到脚印留在地上。

维尔海姆[1],同吟诗、同命运的好兄弟,

告诉我,难道我们当初不曾是这样?

---

[1] 指维·丘赫尔别凯(1797—1846)。他是诗人,熟悉德国文学,最爱席勒的作品。因此,普希金这首诗中有"谈谈爱情,谈谈席勒"之句。

是时候了，是时候了，这个世界不值得
我们再折磨自己；把迷误摆脱！
让我们躲进孤寂中去生活！
我等着你，迟迟不来的朋友——
来吧；请你用神奇的讲述之火
来活跃活跃我心中的传说；
让我们谈谈高加索的激烈岁月，
谈谈荣誉，谈谈爱情，谈谈席勒。

我的时刻也到了……畅饮吧，朋友们！
我已经预感到愉快的会见；
请你们千万记住诗人的预言：
再过一年，我就会跟你们团圆。
我梦想的一切都会实现；
再过一年，我就会来到你们身边！
啊，那时会有多少眼泪，多少惊叹，
会有多少酒杯举向青天！

第一杯酒，朋友们，一定要斟满！
为了我们的结缘，把它喝干！
满心欢喜的缪斯啊，祝福吧，
祝福皇村学校，祝它茁壮发展！
祝福已故的和健在的各位师长，

是他们给了我们青春华年,
让我们怀着感激之情,一起举杯,
不念旧恶,共祝幸福平安。

斟酒,再满一些!心火在燃烧,
再干一杯,一滴也不要剩下!
为了谁呢?啊,朋友们,你们猜一猜……
为咱们的沙皇!对!为沙皇干杯,乌拉。
他也是人!他是舆论、怀疑
和情欲的奴隶,为瞬间所主宰;
他占领了巴黎,创办了皇村学校——
让我们宽恕他不义的迫害。

趁我们还活在人世,就开怀畅饮!
可惜,我们的人,越来越稀少,
有的人在远方无依无靠,有的人寿终正寝,
日月飞驰;我们在枯萎,命运注视着我们,
我们不知不觉地驼了背;寒气袭身,
我们一步步又走向自己的出发点……
我们中间谁到了晚年会是
纪念皇村学校校庆的最后一个人?

不幸的朋友啊!在新的一代人中间,他

将是个多余的、陌生的、惹人讨厌的来宾,
他会想起当年团聚的日子想起我们,
他会用颤抖的手把双目遮掩……
即使他心情低沉,我们也祝愿他
伴随酒杯,在慰藉中把这一天纪念,
如同今天的我,远离你们的失宠的伙伴,
在不知痛苦、不知忧虑中度过了这一天。

(高 莽 译)

夜莺与布谷鸟[1]

树林中，悠闲的黑夜里，
各类春天的歌手云集，
有的噜噜，有的叽叽，有的啁啾；
可是糊涂的布谷鸟，
只会一个劲儿地咕咕叫，
又虚荣又啰唆不休，
它的回声也是如此单调。
老是咕咕叫，烦死了我！
恨不得躲开。上帝呀，让我们
摆脱只会咕咕叫的哀歌！

(高 莽 译)

---

[1] 普希金在这首诗中嘲笑当时崇尚让人败兴的哀歌的习气。

为了怀念你

为了怀念你,我把一切奉献:
那充满灵性的竖琴的歌声,
那伤心已极的少女的泪泉,
还有我那嫉妒的心灵颤动。
还有那明澈的情思之美,
还有那荣耀的光辉、流放的黑暗,
还有那复仇的念头和痛苦绝望时
在心头掀起的汹涌梦幻。

(高莽 译)

冬天的夜晚[1]

风暴肆虐,卷扬着雪花,

迷迷茫茫遮盖了天涯;

有时它像野兽在嗥叫,

有时又像婴儿咿咿呀呀。

有时它钻进破烂的屋顶,

弄得干草窸窸刷刷,

有时它又像是晚归的旅人,

来到我们窗前轻敲几下。

我们这衰败不堪的小屋,

凄凄惨惨,无光无亮,

你怎么啦,我的老奶娘呀,

---

[1] 普希金的奶娘阿林娜·罗季翁诺夫娜陪伴着流放的诗人在米哈伊洛夫斯科耶度过了幽居的岁月。他在一封信中写道:"到了晚上,我就听我的奶娘讲故事,……她是我唯一的伴侣,只有跟她在一起,我才不会感到寂寞。"

为什么靠着窗户不声不响?

我的老伙伴呀,或许是

风暴的吼叫使你厌倦?

或者是你手中的纺锤

营营不休地催你入眠?

我们喝吧,我的好友,

我可怜的少年时代的良伴,

含着辛酸喝吧,酒杯哪儿去了?

喝下去,心儿会感到甘甜。

请你给我唱支歌儿[1]:

唱那山雀怎样生活在海外,

或是唱支少女的歌儿,

讲她如何朝朝汲水来。

风暴肆虐,卷扬着雪花,

迷迷茫茫遮盖了天涯;

有时它像野兽在嗥叫,

有时又像婴儿咿咿呀呀。

我们喝吧,我的好友,

---

[1] 指《山雀在大海彼岸的日子并不阔绰》和《路上有个姑娘在汲水》这两首民歌。

我可怜的少年时代的良伴,

含着辛酸喝吧,酒杯哪儿去了?

喝下去,心儿会感到甘甜。

(高莽译)

欲望之火在血液中燃烧

欲望之火在血液中燃烧，
我的心儿被你摧残，
吻吻我吧，你的吻对于我
比起美酒还要香甜。
俯下你那温柔的头颅，
让我无忧无虑地入寝，
欢快的白昼正在消逝，
夜的影子悠悠来临。

（高 莽 译）

我姐姐家的花园[1]

我姐姐家的花园,
幽静僻远的花园;
那儿没有清澈的泉水
令人流连忘返。
我们的果实水灵多汁,
我们的果实金光闪烁;
我们的溪流条条明净,
潺潺地响着多么活泼。
甘松、芦荟还有月桂花儿[2]
到处芳香四溢:
只要一阵寒风袭来,
就会滴滴落地。

(高 莽 译)

---

1 这首诗发表时,题目是《仿作》。诗中洋溢着《圣经》中所罗门王的《雅歌》的情调。
2 三者都是散发着香味的植物。

暴风雨

你可见过岩石上的姑娘,
身穿白衣,脚踏海浪,
当大海在茫茫烟雾中汹涌,
和它的海岸戏耍不停,
当闪电用红色的光柱
把姑娘的身影一次次照亮,
当海风狂吹、在浪尖上飞舞,
把她那轻盈的衣裳卷扬?
风雨蒙蒙的大海无限壮丽,
不见蓝天的苍穹布满电光;
但请相信我:比海浪、比苍穹、比暴风雨
更壮丽的是站在岩石上的姑娘。

(高莽 译)

啊，烈火熊熊的讽刺诗神

啊，烈火熊熊的讽刺诗神！
听到我的呼唤，请您降临！
请赐我一根朱文纳尔[1]的皮鞭，
我不需要铮铮淙淙的竖琴！
不是对冷酷无情的模仿者，
不是对腹中无物的翻译员，
不是对默然从命的押韵家，
我的讽刺诗针对各种弊端！
祝你们安然无恙，不幸的诗人！
祝你们安然无恙，报刊的帮凶！
祝你们安然无恙，温顺的蠢人！
而你们，卑鄙下流的哥们儿，——
请出来！我要用耻辱的刑法

---

[1] 朱文纳尔（约60—127），古罗马讽刺诗人，被誉为"辛辣讽刺作品"的经典作家。

来折磨你们这群恶棍！
倘若我把某位仁兄忘记，
请求你们提醒我，先生们！
啊，多少苍白无耻的面孔，
啊，多少顽固不化的脑门，
都在等待我给他们盖上
永远磨灭不掉的印痕！

(高莽 译)

俄罗斯语言罹了病

俄罗斯语言罹了病,
躺在床上,狂乱叫嚷,
胡思乱想,信口雌黄,
其实都怪冷酷的卡切诺夫斯基——
这个酷评家利用月刊文章,
硬是让他着了凉。

(高 莽 译)

天上忧郁的月亮

天上忧郁的月亮，
逢迎欢悦的朝霞，
一个燃烧，一个冰凉。
朝霞像新娘容光焕发，
月亮却是个苍老的模样，
这多像你我相逢，埃尔温娜。

(高莽 译)

一八二六年

致维亚泽姆斯基[1]

海洋,这古老的凶手,
就这样将你的天赋燃起!
你在用你金色的竖琴,
歌颂可怕海神的三叉戟。

别歌颂它。在这卑鄙的世纪,
白发的海神是陆地的盟友。
在自然的每个范畴,人——
都是暴君、叛徒或凶手。

(刘文飞 译)

---

[1] 此诗是对俄国诗人维亚泽姆斯基(1792—1878)的《大海》一诗的应和。

坦 承[1]

我爱您,就算我疯了,
就算是徒劳的辛劳和羞愧,
如今我跪在您脚边,
将不幸的蠢话坦承!
我其貌不扬,年龄不配……
是时候了,我该变得更聪明!
可我从各种苗头看出,
我心里已患上爱的疾病:
没有您我就无聊,哈欠连天;
有了您我就忧愁,竭力忍耐;
忍不住啊,我想说,
我的天使,我真爱您!
当我在客厅听见

---

[1] 此诗是献给普希金在米哈伊洛夫斯科耶时的邻居奥西波娃的女儿亚历山德拉·伊万诺夫娜·奥西波娃的。

您轻轻的脚步或衣裙的响声,

或您纯洁的少女嗓音,

我会突然丧失全部的理性。

您微笑,是我的欢乐;

您转身,是我的苦闷;

熬过一天的折磨,

您苍白的手便是我的奖赏。

当您随意弯着腰身,

认真坐在绣架旁,

垂下眼睛和鬈发,

我孩子似的看着你,

默默不语,温情荡漾!……

是否向您吐露我的不幸,

我充满妒意的忧伤,

当您在阴天散步,

正打算走向远方?

还有您独自的流泪,

还有角落里俩人的谈心,

还有奥波奇卡[1]的旅行,

还有傍晚的钢琴?……

阿丽娜!可怜可怜我吧。

我不敢要求爱情。

---

[1] 俄国普斯科夫州一县城,普希金家的庄园米哈伊洛夫斯科耶和奥西波娃家的庄园三山村均坐落该县。

也许由于我的罪过,
我的天使,我不配爱您!
但请您做做样子吧!这一瞥
能表达一切,多么神奇!
唉,我非常容易被欺骗!……
我也很高兴欺骗自己!

(刘文飞 译)

先　知[1]

我忍受精神渴望的折磨,
向黑暗的荒原缓缓行走,
一位六翼的天使,
出现在我前方的路口。
用梦一般轻盈的手指,
他把我的眼睛碰触。
先知的眼睛睁开,
像受惊苍鹰的双目。
他也碰触我的耳朵,
耳中充满喧嚣和鸣响:
我听到天空的颤抖,
听到天使在高天飞翔,
听到海龙在水底潜行,

---

[1] 此诗的意象源自《圣经》的《以赛亚书》第6章。

听到藤蔓在山谷生长。
他贴近我的双唇，
拔去我有罪的舌头，
废话连篇的欺骗舌头，
又用他血淋淋的右手，
将智慧之蛇的芯子，
塞进我麻木的口。
他用剑剖开我的胸膛，
挑出跳动的心脏，
然后将燃烧的炭，
放进敞开的胸腔。
我像尸体躺在荒原，
上帝的声音将我呼唤：
"起来，先知，去看去听，
去履行我的旨意，
走遍海洋和陆地，
用我的话点燃人心。"

（刘文飞　译）

献给奶娘[1]

严酷岁月的女伴,

我这位衰老的亲人!

你独自在松林深处,

久久地久久地等待我的来临。

你像是在站岗,守在

自己房间的窗前哀叹,

布满皱纹的手里的织针

动作越来越缓慢。

你望着那茫茫远去的路,

那被人遗忘的大门:

焦虑,预感,关爱,一阵阵

拥挤着你的胸襟。

你有时会觉得……

(高莽 译)

---

[1] 奶娘阿林娜是普希金最亲的人。1824—1826年普希金在米哈伊洛夫斯科耶幽禁的两年当中,奶娘是他最好的伴侣。这首诗普希金没有写完,但读者从断章中也能感受到他对奶娘的深情。

我过去怎样,现在仍怎样[1]

我过去怎样,现在仍怎样;
无忧又多情。朋友,你们知道,
目睹美貌,我能否无动于衷,
没有胆怯的温情和隐秘的激动。
生活中的爱情把我玩弄得还少?
我像年轻的鹰扑腾得还不够?
置身爱神张开的欺骗罗网,
我没有被百倍的屈辱所修正,
又将我的哀求带向新的偶像……

(刘文飞 译)

---

[1] 普希金在发表此诗时附有一个小标题:《〈安德烈·谢尼耶〉片段》。

致普辛[1]

我的第一友人,我珍贵的朋友!
我曾感激自己的命运,
当我孤寂的庭院,
覆满忧愁的白雪,
突然响起你的车铃声。
我祈求神圣的天意:
但愿我的声音,
也能安慰你的心房;
但愿你的流放地,
能被同窗的岁月映亮!

(刘文飞　译)

---

[1] 此诗写于十二月党人起义一周年的前夕(12月13日),后托人捎给远在西伯利亚赤塔服苦役的普辛,普辛后在《关于普希金的笔记》一书中写道:"普希金的声音在我的身上欢乐地回响!我心中充满深深的、兴奋的感激之情,当我第一个去看望流放中的他时,他曾热烈地拥抱我,可我如今却无法像他当年那样将他拥抱。"

冬天的道路[1]

透过波浪般的雾,
露出一轮月亮,
它在忧郁的空地,
洒下忧郁的光芒。

孤寂的冬天道路,
快捷的三套车飞奔,
车上单调的铃铛,
懒懒地发出响声。

车夫悠长的歌声,
传来亲切的词句:
或是大胆的放纵,

---

1 此诗记录了普希金1826年12月自普斯科夫前往莫斯科的旅途印象。

或是内心的忧郁……

没有灯火和房屋，
只见密林和积雪……
只有黑白相间的路碑，
相继将我迎接……

枯燥，忧郁……尼娜，
明天我将回到爱人身旁，
在壁炉边忘记一切，
看不够地将你端详。

钟表的时针嘀嗒，
缓缓地走过一周，
午夜赶走无聊的人，
却不能使我们分手。

忧郁，尼娜：旅途枯燥，
车夫睡了，一声不响，
车铃单调地叮当，
雾又遮蔽月亮的脸庞。

（刘文飞　译）

一八二七年

在西伯利亚矿井的深坑里 [1]

在西伯利亚矿井的深坑里,
愿你们保持高傲的耐心,
你们那悲惨的劳动和崇高的理念,
不会变成浮云。

希望是灾难的忠贞姐妹,
它在阴暗的地下会激发——
激发勇气与欢乐,
期盼的日子一定会来临:

爱情和友谊会穿过铁窗
来到你们的身旁,

---

[1] 这首诗是献给服苦役的十二月党人们的。1825年12月14日,彼得堡一批贵族革命家发动了反对黑暗统治的政变,即十二月党人的起义。起义失败,遭到沙皇镇压,五位起义领袖被处绞刑,其他100多人被流放到西伯利亚,在矿坑里服苦役。1827年普希金将这首诗交给十二月党人穆拉维约夫的夫人,请她带给服刑的英雄们。

如同我的自由呐喊
会传进你们的牢房。

沉重的镣铐会脱落，
阴森的监狱会倒塌，
门口喜迎你们的是自由，
兄弟会把利剑交给你们。

（高 莽 译）

夜莺和玫瑰

在花园的寂静,在夜的暗影,
东方夜莺在玫瑰上方歌唱。
可爱的玫瑰没有感觉,没在倾听,
它在爱的歌声中瞌睡,摇晃。
你对那冷漠的美人也这样歌唱?
哦诗人,你在追求什么,想一想?
她没在倾听,她感觉不到诗人;
你看见她开放;你的呼唤却无回响。

(刘文飞 译)

阿里翁[1]

我们很多人都乘着小舟;

一些人紧拉船帆,

一些人齐心协力,

划动沉重的船桨。

我们聪明的舵手,

在寂静中俯身把舵,

默默把握重载的小舟;

而我,满怀无忧的信念,

在为水手歌唱……突然,

巨浪滔天,风暴狂吼……

死去了舵手和水手!

只有我,隐秘的歌手,

被风暴抛上海岸,

---

1 阿里翁(前7—前6世纪),古希腊诗人,据说他用歌声迷住海豚,海豚将他驮上岸,使他获救。此诗内容实为普希金与十二月党人的关系以及他对十二月党人的态度。

依旧像往日歌唱。
我在礁石上面,
晾晒我潮湿的衣裳。

(刘文飞　译)

天　使

温柔的天使在天堂门前，
低垂的头颅闪着光芒，
阴郁而又叛逆的恶魔，
在地狱深渊上方飞翔。

否定的精灵，怀疑的精灵，
将纯洁的精灵张望，
他第一次朦胧地获知
不由自主的感动热量。

他说："抱歉，我看见了你，
你对我的闪亮也有意义：
并非天上的一切我皆仇恨，
并非世上的一切我都蔑视。"[1]

（刘文飞　译）

---

[1] 此处可看出这首诗与《恶魔》（1823）一诗的内在联系。

致基普连斯基[1]

变化无常的时尚之宠儿,

既非英国人亦非法国人,

亲爱的魔法师,你再次

塑造我,纯洁缪斯的传人,

我在坟墓的上方微笑,

永远摆脱了死亡的命运。

我像在镜中看见了自己,

但这镜子在将我奉承。

镜子说我不会辜负

庄重的缪斯对我的偏心。

---

[1] 基普连斯基(1783—1836),俄国画家,曾于1827年在彼得堡为普希金创作一幅肖像画,该画广为人知,现藏莫斯科特列季亚科夫画廊。

在罗马、德累斯顿和巴黎,

我的形象一定会出名。[1]

(刘文飞 译)

---

[1] 在罗马、德累斯顿和巴黎均有世界一流的美术馆。基普连斯基曾打算去国外举办画展,但普希金的肖像当时未曾在国外展出。

1827年10月19日[1]

愿上帝帮助你们,我的朋友,
在生活和公差的操持,
在狂欢的友谊的宴席,
在爱情那甜蜜的秘密!

愿上帝帮助你们,我的朋友,
在风暴和生活的痛苦,
在异域,在荒凉的海上,
在陆地那深深的黑洞。[2]

(刘文飞 译)

---

1 这一天是皇村学校校庆纪念日,普希金在长达7年时间里都未能依照惯例在这一天与同学相聚,这一年终于得以出席校庆聚会。
2 指普希金的一些老同学,如从事外交工作的罗蒙诺索夫和戈尔恰科夫,当海员的马丘什金和遭流放的普辛、丘赫尔别凯等。

一八二八年

你 和 您

无意中,空洞的您,
被她用亲热的你代替,
她便在热恋的心中,
激起了幸福的思绪。
沉思地站在她的面前,
眼睛离不开她的身体;
我对她说:您真可爱!
我却在想:我真爱你!

(刘文飞 译)

枉然的赐予,偶然的赐予

1828 年 5 月 26 日 [1]

枉然的赐予,偶然的赐予,
生命,你为何被赐给我?
那隐秘的命运为何
注定使你备受折磨?

是谁以敌意的权力,
将我从平庸中唤出,
用怀疑激动我的大脑,
以激情填满我的心胸?……

我的眼前没有目的:

---

[1] 这一天是普希金的生日(俄历)。依据公历普希金的生日是6月6日,这一天在苏联时期被定为"诗歌日",现为"俄语日"。

心灵空虚,头脑懒惰,

生活那单调的喧嚣,

在痛苦地将我折磨。

(刘文飞 译)

她的眼睛[1]

她很可爱,我们私下说,
她是宫中骑士的暴雨,
她那切尔克斯人的眼睛,
可与南国的星星作比,
更可以与诗歌媲美,
她大胆地频送秋波,
眼神比火焰还要明亮;
可你得承认,我的
奥列宁娜的眼睛不是这样!
那里有沉思的精灵,
有多少孩子般的坦荡,
有多少缱绻的神情,
有多少温情和幻想!……

---

[1] 维亚泽姆斯基写有一首《乌黑的眼睛》,赞美的是宫廷女官罗赛特,普希金以此诗作答,意使罗赛特成为奥列宁娜(1808—1888)的陪衬。

她爱神般地微笑垂眼,
谦逊的眼中是美雅的典礼;
她抬起目光,拉斐尔的天使
就这样凝望上帝。

(刘文飞 译)

美人,你别当着我的面[1]

美人[2],你别当着我的面,
把忧伤的格鲁吉亚歌吟唱[3]:
它们会再次让我忆起
别样的生活和遥远的地方。

唉!你残酷的歌唱,
让我忆起黑夜和草原,
忆起远方可怜的姑娘
月光下的脸庞……

看见你,我便把那
命定的可爱幻影淡忘;

---

[1] 此诗后被格林卡谱曲,成为一首流传甚广的抒情歌曲。
[2] "美人"指奥列宁娜,她当时随格林卡(1804—1857)学习歌唱。
[3] 指一首由格里鲍耶陀夫(1795—1829)采自高加索地区,并由格林卡改编的民歌。

可你一旦放声歌唱,
我便再次将它想象。

美人,你别当着我的面,
把忧伤的格鲁吉亚歌吟唱:
它们会再次让我忆起
别样的生活和遥远的地方。

(刘文飞 译)

预 感[1]

乌云又一次悄悄地
在我的头顶集聚；
嫉妒的命运又一次
向我显示灾难的恐惧……
我能否继续藐视命运？
我能否迎向命运，
像在高傲的青春时代，
保持我的坚定和忍耐？

受够狂暴生活的折磨，
我在淡然把风暴等候：
我或许能再次获救，
再次找到自己的码头……

---

[1] 1828年6月，俄国参政院和国务委员会专门开会审查普希金的《加百利颂》和《安德烈·谢尼耶》两诗，普希金虽然对这两次会议的详情并不了解，但显然"预感"到新的政治迫害正在迫近。

但我预感到了别离,
那可怕的命定时候,
我的天使[1],我要赶紧
最后一次紧握你的手。

温柔而又恬静的天使,
请轻轻对我说:别了,
忧伤吧:请你抬起,
或垂下温柔的目光;
对你的思念和回忆,
将占据我的心房,
取代我年轻岁月的
骄傲和力量,勇敢和希望。

(刘文飞 译)

---

1 指奥列宁娜。

毒 树[1]

在凋零悲凉的荒原,
在暑热灼烤的土地,
毒树独立天地间,
像一位威严的哨兵。

是饥渴草原的大自然,
在愤怒之日将它诞生,
用毒药浸透致命的绿枝,
用毒药浇灌树根。

毒汁一滴滴渗出树皮,
被正午的暑热溶解,
傍晚时分它又变成

---

[1] 普希金自己在这个诗题下加了一个脚注:"一种有毒的树。"此种毒树即箭毒木,又称"见血封喉"。

又稠又亮的凝结。

鸟儿不向它飞翔,
老虎也远离,只有黑风
扑向这株死亡的树,
吹过的风也会中毒。

如果乌云在天上徘徊,
滋润它浓密的树叶,
染毒的雨水便从枝头
流向炽热的沙土。

有人却用专断的目光,
把别人派往毒树,
那人顺从地上路,
在清晨带回了毒素。

他带来致命的脂胶,
还有叶片凋萎的树枝,
汗水流过苍白的额头,
就像道道冰冷的小溪。

献上所获,他衰竭了,
倒在窝棚里的树皮上,

可怜的奴隶死了,
死在无敌君主的脚旁。

王公却把这毒药,
涂在他恭顺的箭头上,
然后把毒箭和死亡,
一起送往邻近的异邦。

(刘文飞 译)

小　花

我发现书页间一朵枯花,
它被遗忘,已无芳香;
我的心里顿时充满
一阵奇异的幻想:

它开在何处何时?哪个春天?
它开了很久?为谁所采?
采花的手陌生还是熟悉?
为何又被夹进书页?

是温情约会的纪念,
是不祥分离的信物?
是怀念田野和密林里
孤身一人的漫步?

他是否活着，她是否健在？
如今他俩安身何处？
或许他俩都已凋零，
像这默默无闻的花朵？

（刘文飞　译）

当我紧紧地拥抱

当我紧紧地拥抱
你匀称秀美的身体,
喜悦地向你诉说
爱情那温柔的话语,
你无言地,从我怀里,
挣脱你柔软的身子,
亲爱的朋友,你向我
露出不信任的笑意;
牢牢地记着那些
可悲的负心消息,
你忧伤地听着我,
没有同情和注意……
我诅咒有罪的青春
那些可恶的努力,
还有深夜花园里

等候约会的经历。
我诅咒爱情的絮语,
暗中唱起的诗句,
轻佻姑娘的爱抚,
她们的怨诉和泪滴。

(刘文飞 译)

诗人和民众[1]

　　　　　　　　滚开,俗人们。[2]

诗人用漫不经心的手
弹拨着充满灵感的竖琴。
他在歌唱,而在他周围,
冷漠傲慢的俗人们听着,
他们脸上毫无表情。

愚蠢的群氓议论纷纷:
"他干吗唱得这样响亮?
白费力气地冲击耳朵,
他想把我们带向何方?
他在弹什么?教我们什么?

---

[1] 此诗初次发表时题为《群氓》,1836年改为此题。
[2] 原文为拉丁语,这是维吉尔的《埃涅阿斯纪》第六歌中祭司所说的话。

他干吗像任性的魔术师那样，
激动、折磨着我们的心？
他的歌声自由得像风一样，
可它也像风一样毫无结果：
它能给我们带来什么奖赏？"

诗人

住口，冷漠无情的人们，
出卖苦力的人，温饱的奴隶！
我厌恶你们粗鲁的怨言，
你们是地上群氓，而非天之子；
你们所要的奖赏，不过就是
去称一称阿波罗雕像的重量。
你们看不出它内在的奖赏。
可这石头是神啊！……那又怎样？
你们会更看重一个陶罐：
你们能用那罐子煮熟口粮。

群氓

不，如果你是上天的选民，
如果你就是诸神的使者，
你就用你的天赋为我们谋利：
请你来改造弟兄们的心，
我们胆小怕事，我们阴险，

我们无耻恶毒,忘恩负义;
我们冷漠,心已被阉去,
我们是诽谤者、蠢人和奴隶;
恶习已在我们心里筑巢生根。
你既然爱你的亲人,也就能
给我们一些大胆的训导,
我们一定听从你的理论。

诗人

你们走开吧。宁静的诗人
与你们这些人有何相干!
大胆地放荡,让心肠更硬吧,
竖琴的声音难使你们振奋!
你们就像坟墓,与灵魂相对。
为了你们的恶毒和愚蠢,
你们直到今天仍拥有
皮鞭、监狱和斧头;——
够了,你们这些疯狂的奴隶!
你们的城里,人们在大街
清扫垃圾,——这劳动有益!
但你们的祭司早已忘记
他的祭事、祭坛和祭礼,
他是否还会拿起扫帚?
不是为了战斗和贪欲,

不是为了生活的激情,
我们生来是为了灵感,
为了祈祷和甜蜜的声音。

(刘文飞 译)

一八二九年

途中的怨诉

时而坐轮车,时而骑马,
时而坐厢车,时而篷车,
时而坐大车,时而徒步,
我在这世上还要走多久?

不是在祖传的巢穴,
不是在父辈的坟场,
看来,上帝已经判定,
要我死在一条大路上,

死在马蹄下的乱石间,
死在车轮碾过的山头,
或在一座断桥下,
那洪水冲出的深沟。

我或是染上鼠疫,

或是被严寒冻僵,

或是一个抢劫的伤兵,

一棒打在我的头上。

或在一片密林,

撞上恶人的尖刀,

或在某处检疫所,

无聊烦闷地死掉。

忍受饥饿的愁苦,

我要被迫斋戒多久?

还要久久地回忆

雅尔餐馆[1]的蘑菇牛肉?

原地不动真好啊,

在肉市街[2]上兜风,

想想乡村和未婚妻,

在闲来无事的时候!

来杯美酒真好啊,

---

1 莫斯科当时一家著名餐馆。
2 莫斯科市中心的一条街道。

夜里做梦,早晨喝茶;

兄弟们,在家真好啊!……

嘿,走吧,扬鞭催马!……

(刘文飞 译)

冬天的早晨

严寒和阳光;美妙的一天!
你还在睡觉,迷人的朋友,
美人啊,你快醒来吧;
睁开被温柔锁住的眼睛,
迎向北方的曙光女神,
请你成为北国的星辰!

你是否记得昨夜的风雪,
黑暗充斥混沌的天幕;
月亮像苍白的斑点,
从云间露出黄色的面目,
你忧伤地坐在那里,
而此刻……请你望望窗户:

在蔚蓝的天幕下,

静卧的雪反射太阳，
就像张张华丽的地毯；
透明的森林泛着黑光，
枞树在银霜间挤出翠绿，
冰封的溪流闪闪发亮。

琥珀般的光芒映亮房间。
屋里的火炉熊熊燃烧，
发出欢快的声响。
在热炕边思想真是欢畅。
你可知道：是否该让人
将那匹栗色母马套上？

滑过清晨的积雪，
亲爱的朋友，我们要让
这从容的马儿飞奔，
去造访空旷的田地，
刚刚落叶的森林，
还有我可爱的河堤。

（刘文飞　译）

我曾经爱过您

我曾经爱过您：这爱情也许
尚未完全在我心中止息；
但是别让这爱情再把您惊扰；
我不愿有什么再让您忧郁。
我曾经爱过您，默默地无望地，
时而苦于胆怯，时而苦于妒忌；
我曾经爱过您，那样真诚温存，
上帝保佑别人也能这样爱您。

(刘文飞 译)

我们走吧,我已做好准备[1]

我们走吧,我已做好准备;朋友们,
无论你们要去哪里,我都准备
追随你们,以逃避傲慢的女人;
无论是去遥远中国的长城脚下,
去喧闹的巴黎,还是最终去到
塔索[2]不再咏唱夜间船夫的地方,
古代城市的力量在灰烬下沉睡,
柏树森林在那儿散发芳香,
无论去哪儿都行。我们走……可朋友们,
请问……我的激情可会在浪游中消亡?
我能否忘掉这折磨人的傲慢姑娘,

---

1 此诗与普希金对冈察洛娃(1812—1863)的感情有关,普希金于1829年4月向她求婚,冈察洛娃的母亲没有给予明确答复;普希金自南俄旅行归来后,冈察洛娃对他也很冷淡。此诗中提到普希金的出国旅行计划,普希金果真在两周后(1830年1月7日)向当局提出申请,但未获尼古拉一世准许。
2 塔索,16世纪意大利诗人。

还是向她,向她年轻人的恼怒,
把我习惯的爱情贡献俯身献上?
……[1]

(刘文飞 译)

---

[1] 原诗未完。

无论漫步喧闹的大街

无论漫步喧闹的大街,
还是走进挤满人的教堂,
或是与疯狂的青年在一起,
我都会沉湎自己的幻想。

我在说:时光正飞逝而去,
我们无论有多少人,
都将进入永恒的地宫,
有的人时辰已迫近。

我看着一株孤独的橡树,
我在想:这树木中的老人,
将比我默默的一生活得更久,
如同它年长于我们的父辈。

我抚爱一个可爱的婴儿,

我又会想到：永别了！
我要给你腾出一个地方，
我该去腐烂，你应该开放。

每个日子，每个年头，
我都用思想送别它们，
我努力要在它们之间，
猜度未来死亡的忌辰。

命运将在何处派来我的死神？
在战场，在水中，在旅途？
还是这邻近的山谷，
将收留我变冷的尸骨？

对于无知觉的尸体，
在哪儿腐烂都一样，
但我仍然想让自己
安息在可爱故乡的近旁。

但愿在墓室的入口，
有年轻的生命在嬉戏，
但愿冷漠的大自然，
闪现出它永恒的美丽。

（刘文飞　译）

卡兹别克山修道院

高高耸立群峰之上,
卡兹别克,你帝王般的峰顶,
闪烁着永恒的光芒。
你白云深处的修道院,
像飘浮天上的方舟,
依稀在群山上翱翔。

遥远的梦寐以求的岸!
真想对峡谷说再见,
再攀上自由的峰顶!
去往白云间的密室,
我便可与上帝毗邻!……

(刘文飞　译)

一八三〇年

圣 母 像[1]

我从来不愿用古代大师们
众多的画像装饰自己的居室,
不愿听客人们迷信的惊叹,
听内行人得意洋洋的解释。

在我朴素的角落,劳作之余,
我只想永远把一幅画目睹,
想让她走下画布,像走下云端,
圣母,我们神圣的救主,

她仪态端庄,她眼中含着智慧,
慈祥的她们身披荣誉和光环,
在锡安的棕榈下,没有天使陪伴。

---

[1] 此诗是普希金写给未婚妻冈察洛娃的,诗人在一家店铺里看到一幅圣母像,由此产生灵感,写下此诗。

我的愿望终于实现。造物主
将你降赐予我,你是我的圣母,
最纯洁的美丽,最纯洁的样板。

(刘文飞　译)

哀 歌

疯狂岁月的消隐的欢乐
使我沉重,像朦胧的醉意。
像酒,往昔生活的忧愁,
在我的心中越久便越有力。
我的路忧伤。未来的滔海,
向我预示劳作和痛苦。

但我不愿死,哦朋友们;
我想活下去,为了受苦和思想;
置身愁苦、烦恼和不安,
我知道我还会得到欢畅:
时而再次陶醉于和谐,
一滴滴泪水沾湿构想,
爱情或许会以道别的微笑,
将我忧伤的晚年映亮。

(刘文飞 译)

劳 作[1]

盼望的时刻到了：我多年的劳作已结束。
为何有莫名的忧伤悄悄袭上我的心头？
由于我大功告成，便成了多余的短工，
领到工钱，便难以将另一件工作开头？
还是我在怜惜劳作，这夜间无言的伴侣，
金色的曙光女神，神圣家神们的朋友？

(刘文飞 译)

---

[1] 此诗写于诗体长篇小说《叶夫盖尼·奥涅金》完稿之时。

道　别[1]

最后一次，我想象地
爱抚你可爱的倩影，
用内心的力量惊起幻想，
怀着胆怯忧伤的温柔，
回忆你的爱情。

我们的岁月变换着逝去，
变换了我们和一切，
你已为你那位诗人，
披上坟墓的黑暗，
对于你，他已隐身。

遥远的女友，请接受

---

[1] 1830年秋，普希金在结婚之前写了数首诗给先前的情人们，这一首是写给伊·克·沃隆佐娃的。

我心灵的道别,

像丧夫的遗孀,

像朋友,在朋友被捕之前,

默默拥抱他的臂膀。

(刘文飞 译)

为了遥远祖国的海岸[1]

为了遥远祖国的海岸，
你离开这异乡的土地；
难忘的时刻，忧伤的时刻，
我在你面前久久哭泣。
我变得冰凉的双手，
竭尽全力把你挽留；
我的呻吟不断祈求，
别中止这可怕的别愁。

可你却挪开双唇，
结束痛苦的热吻；
唤我离开黑暗的流放，
你要我去异乡安身。

---

[1] 此诗是对阿玛丽娅·里兹尼奇（1803?—1825）的怀念。

你说:"相会之日,

在永远蔚蓝的天空下,

在橄榄树下,我的朋友,

我们再重温爱的热吻。"

唉,可是在那里,

天穹闪耀蔚蓝的光芒,

橄榄树倒映在水面,

你却沉入最后的梦乡。

你的美丽,你的痛苦,

已在坟墓里消殒,

相会的热吻也一样……

但我在等;等你的热吻……

(刘文飞 译)

有时,当往日的回忆

有时,当往日的回忆
在寂静中啃咬我的心灵,
那已经远去的痛苦,
又回到我身边,像幽灵:
看到身旁的人群,
我便想在荒原中藏身,
我仇恨他们软弱的声音,
这时,我朦胧地向往,
不是那明朗的地方,天空
在那儿闪耀神奇的蔚蓝,
大海在那儿将温暖的波浪
投向发黄的大理石像,
那儿的月桂和幽暗的柏树,
在自由、茂密地生长,
庄严的塔索曾在那儿歌唱,

在那儿，在夜晚的黑暗，

响亮的礁石直到今天

仍将水手的歌声回荡。

我怀着早已习惯的幻想，

向往寒冷的北国波浪。

在那儿的滔滔白浪间，

我看到一座裸露的岛屿。[1]

忧伤的岛，荒凉的岸，

布满了冬天的越橘，

它覆着一层萧条的冻土，

它受着冰冷浪花的冲洗。

时而，勇敢的北国渔人，

会驾船漂到这里，

他在此铺开潮湿的网，

再把自己的炉灶支起。

我那疲倦的小舟啊，

也会被风浪推到这里……

（刘文飞　译）

---

[1] 可能是指白海上的索洛夫卡岛，岛上有索洛维茨修道院，亚历山大一世曾想把普希金流放到那里去。

一八三一年

回　声

无论是野兽在密林嗥叫，
还是号角在鸣，雷霆在响，
还是姑娘在山那边歌唱，
对所有的声音，
你都会突然在空旷的天空
发出你的回响。

你倾听雷霆的轰鸣，
听着呼啸的风暴和波浪，
你面对乡野牧人的呼喊，
把你的回答送上；
你却没有得到回音……
诗人也与你一样！

（刘文飞　译）

皇村学校越是频繁[1]

皇村学校越是频繁
庆祝她神圣的校庆,
老友们便越是胆怯
聚集成一个家庭,
我们的圈子越来越小;
欢乐的节日越来越悲戚;
碰杯的声音越来越低,
我们的歌声越来越忧郁。

人间的风暴袭来,
意外地将我们触及,
年轻人的宴席上,
我们常常心情忧郁;

---

[1] 此诗写于1831年10月19日,即皇村学校的校庆纪念日。

我们已成熟；命运
给我们以生活的考验，
死神在我们中间徘徊，
指出它的牺牲品。

六个空出的位置，
六个朋友再不会到场，
他们天各一方地长眠，
或在此处，或在疆场，
或在家中，或在异乡，
或是疾病，或是忧伤，
将他们带进潮湿的阴间，
我们为他们痛哭一场。[1]

我觉得快轮到我了，
亲爱的杰里维格在呼唤，
我活跃青春的同伴，
我忧伤青春的同伴，
我的欢宴、纯洁幻想
和青春诗歌的同伴，
这永别的天才在唤我，

---

[1] 这里提及的六位去世同学为：死于"疆场"的是 C. 叶萨科夫；死于"异乡"的是 H. 科尔萨科夫和 П. 萨夫拉索夫；因"疾病"而死的是 H. 尔热夫斯基和 K. 科斯坚斯基；因"忧伤"而死的是杰里维格。普希金的另一位同学 C. 勃罗格里奥此时也已在希腊去世，但普希金并不知道。

去老友亡灵聚会的彼岸。

拢紧些,哦亲爱的朋友,
把忠诚的圈子拢紧些,
我已为逝者唱完歌,
我们再祝健在者以希望,
希望你们再次出现,
在皇村学校的宴会上,
再次拥抱健在的同学,
对新的逝者不觉恐慌。

(刘文飞　译)

不,我不珍惜那种躁动的欢愉[1]

不,我不珍惜那种躁动的欢愉,
感官的兴奋,狂暴疯癫,忘乎所以,
嗜欲的少女,一阵嘶叫,一阵唏嘘,
当她在我怀里蛇似的蜷蜷曲曲,
她那火辣的抚爱,病痛的亲吻
追求的是最后瞬息的战栗!

啊,你娇柔多了,温顺的女人!
有了你啊,我幸福得头脑眩晕,
久久地哀求得到你的应允,
你服帖地献身于我,热情不甚,
你对我的一片赞叹反应冷淡,

---

[1] 这首诗的一份手稿珍藏在诗人妻子手中。有的手抄稿上注明是"献给妻"的。

羞涩，冷漠，似闻未闻，

只是慢慢地情窦始开，情渐亢奋——

最后油然地与我共享情火熔身！

（高 莽 译）

一八三二年

美 人[1]

她的一切全都和谐神奇，
全都高于宁静和情欲；
她面带羞怯地静立，
焕发出庄重的美丽；
她将身边的一切打量：
她没有对手，没有女伴；
我们美人们苍白的圈子，
在她的光芒下暗淡。

无论你忙着去哪儿，
哪怕去约会你的女郎，
无论你往自己的心里，
装进什么样的幻想，

---

1 "美人"指扎瓦多夫斯卡娅（1807—1874），普希金将此诗写在她的纪念册上。

遇见她，羞怯的你，
都会情不自禁地站住，
会虔诚地充满景仰，
面对这美的圣物。

（刘文飞　译）

致某某[1]

不不，我不该，不敢，不能
再疯狂沉湎于爱的激情；
我严格守护自己的安宁，
不让心灵再燃烧和忘情；
不，我已爱够；可是为何，
我仍时常陷入短暂的幻想？
当年轻纯洁的天国造物，
突然走过我的身旁，
随后消失……难道我已无法
怀着忧伤的激情欣赏姑娘？
用目光追随她，静静地，
祝愿她幸福，祝愿她欢畅，
衷心希望她一生顺利，

---

[1] 此诗据说是写给娜杰日达·索洛古勃（1815—1903）的。

有无忧的闲暇，欢快的安宁，
祝福一切，甚至是她选中的人，
祝福那成为她丈夫的男人。

（刘文飞　译）

一八三三年

秋 天

> 有什么不曾步入我沉睡的大脑?
> ——杰尔查文

一

十月已来临,树林已从
裸枝上摇落最后的枯叶;
秋的寒意拂来,道路冰封。
小溪还在磨坊后潺潺流动,
池塘却已冻住;我的邻居
忙着赶去打猎,乘车出行,
疯狂的娱乐蹂躏秋播地,
狗的吠声惊醒沉睡的密林。

二

这是我的季节:我不爱春天;

我讨厌解冻;到处是泥泞臭气,
春天我会生病;血液在奔涌;
忧愁锁住情感;严冬更让我满意,
我爱冬天的雪;当月亮升起,
载着女友的雪橇多么迅捷自由,
貂皮下的她脸颊鲜艳绯红,
她燃烧着颤抖着,紧握您的手!

三

多么欢乐,穿起锋利的冰刀,
在河上镜子般的冰面滑行!
而冬天节日那灿烂的焦虑?……
要适可而止;半年里降雪不停,
就连黑熊,这洞穴的居民,
最终也会厌倦。我们也不能
总与年轻的姑娘们共乘雪橇,
或在双层窗后的火炉旁烦闷。

四

啊,美丽的夏天!我也会爱你,
如果没有暑热、灰尘和蚊蝇。
你扼杀一切精神才能,折磨我们;
我们像田地,痛苦面对旱情;
仿佛只能畅饮,使自己清醒,

我们别无他想，只在可怜冬婆娘，
我们用薄饼和美酒送走她，
又用冰激凌和冰块为她悼亡。

五

人们通常会诅咒晚秋的日子，
我却爱晚秋，亲爱的读者，
她谦逊地闪耀着静静的美丽。
像家中的孩子，不受宠爱，
却让我动心。坦白地告诉你们，
一年四季我只爱秋季，
秋天好处很多；作为老实的情郎，
我任性的幻想在秋季总有获取。

六

这一点如何解释？我喜欢她，
或许就像你们有时喜欢
一位肺病姑娘。可怜的姑娘，
她注定死去，却没有抱怨和愤懑。
枯萎的双唇含着微笑；
她看不见坟墓嘴巴大张；
脸上嬉戏着红晕的颜色。
她今天活着，明天死亡。

七

忧伤的季节！眼睛的陶醉！
我喜欢你道别的美丽，
我爱大自然豪华的凋零，
森林换上红色和金色的外衣，
林中是风的喧嚣和清新的气息，
天空覆盖波浪般的阴霾，
有罕见的阳光，早来的寒冷，
有白发的冬天远处的威胁。

八

每个秋天我都会重新开放；
俄罗斯的寒冷有益我的健康；
我又会爱上生活的习惯：
饥饿相继出现，梦境相继飞翔；
血在心脏中欢快游戏，
愿望沸腾，我又幸福年轻，
充满活力，这就是我的肌体
（请原谅我这不必要的散文体）。

九

有人为我牵来马；摆动鬃毛，
它载着骑手走向开阔的原野，

在它迸出火星的铁蹄下,
冰在纹裂,冻硬的山谷在响。
短暂的白日已逝,遗忘的炉中
又燃起火,时而闪出明亮的光,
时而慢慢阴燃,我在炉前阅读,
心中满怀悠远的思想。

十

我忘记世界,在甜蜜的寂静,
我甜蜜地沉睡于自己的想象,
诗歌在我的心中醒来:
抒情的激动充满心房,
心在颤抖,在响,像在梦中,
它在寻求最终的释放,
一群无形的客人向我走来,
早年的熟人,我结晶的幻想。

十一

思绪在脑中大胆地汹涌,
轻盈的韵律迎着它们飞翔,
手在找笔,笔在找纸,
一瞬间,诗句便自由地流淌。
像静止的船睡在静止的水面,
但是听!水手们突然开始奔忙,

爬上爬下,扯起的帆鼓满了风;
巨大的船动了,劈波斩浪。

十二

它在漂浮。我们漂向何处?……[1]

(刘文飞 译)

---

[1] 原诗未完。

上帝保佑我不要发疯

上帝保佑我不要发疯。
不,宁愿要拐杖和讨饭袋;
不,宁愿要劳动和饥饿。
并非因为我珍重理性,
并非因为我并不高兴
与自己的理性分手:

如果能够自由自在,
我就会满心欢喜,
跑进幽暗的森林!
在热情的梦呓中歌唱,
在纷乱神奇的幻想中,
沉浸于自身。

我会仔细倾听波浪,

心中充满着幸福,
望向空旷的天幕;
我会强劲而又自由,
像旋风,我会刨掘田野,
折断成片的林木。

那将是灾难:如果发疯,
你将像瘟疫令人恐惧,
你会立即被囚禁,
人们给傻瓜系上锁链,
像对待野兽那样,
隔着铁栅向你挑衅。

我在夜深时分的耳闻,
不再是夜莺明亮的嗓音,
不是密林的喧嚣,
而是我同伴的呼喊,
是值夜看守的叫骂,
是作响的镣铐的尖叫。

(刘文飞　译)

一八三四年

是时候了,我的朋友![1]

是时候了,我的朋友!心在祈求安宁,
岁月一天天飞去,每一刻时光
都带走一份生存,我俩正准备生活,
可一转眼,很快就将死亡。
世上没有幸福,但有安宁和自由。
我早就幻想令人羡慕的命运——
我这疲倦的奴隶,早就设想
逃往劳作和纯洁温情的遥远居所。

(刘文飞 译)

---

[1] 此诗写于1834年夏,是普希金写给妻子的。普希金当时曾向当局提出辞去公职、归隐乡村的请求,但遭拒绝。

一八三五年

乌 云

消散的风暴中最后的乌云！
只有你在明净的蓝天飘荡，
只有你投下忧郁的阴影，
只有你为欢快的一天添加忧伤。

不久前你曾把天空包围，
闪电恐怖地将你缠绕；
于是你发出神秘的雷霆，
于是你用雨水将大地洒浇。

够了，隐去吧！时辰已过，
大地复兴，风暴已逝去，
风在爱抚树上的新叶，
将你逐出安宁的穹宇。

(刘文飞 译)

我又一次造访[1]

……我又一次造访

这大地的角落,我曾在这里,

度过两年不知不觉的流放。

已经十年,从那时算起,

我的生活有许多改变,

依循无处不在的规律,

我也变了模样,可在这里,

往事又在四周生动浮起,

仿佛昨天我还曾漫步

在这片树林。

　　　　　瞧这失宠的小屋,

我与可怜的奶娘在这里同住。

老太太不在了[2],在隔壁,

1　此诗写于1835年9月26日,普希金在阔别近8年后返回米哈伊洛夫斯科耶。
2　普希金的奶娘于1828年7月31日在彼得堡去世。

我再也不闻她沉重的脚步,

再也得不到她细心的监护。

　　　　瞧这葱郁的山冈,

我曾静坐山上将湖泊张望,

心头满怀不尽的忧愁,

回忆另外的水岸,另外的波浪[1]……

金色的田野,绿色的草地,

宽广的湖水闪耀蓝光;

渔人荡舟在湖面,

身后拖着陈旧的渔网。

在斜斜的湖岸两旁,

散落着座座村庄,

村后磨坊倾斜,在风中

勉强转动翅膀……

　　　　在祖辈

划定的地界,在那里,

一条被雨水冲陷的路

通到山上,三棵松树

挺立,一棵远一些,

另两棵友好地依偎,

在这里,当我在月夜

---

[1] 这可能是普希金关于克里米亚流放时期的回忆。

骑马从树边走过，

树稍发出熟悉的喧嚣，

向我表示热情的问候。

如今走过同一条路，

我又看到这几棵树。

它们还是往日的身姿，

它们的喧嚣仍然耳熟，

但它们衰老的根部

(那儿从前什么也没有)，

如今长出成片的小树，

这绿色的家族；树下，

是孩子般挤在一起的灌木。

而它们那孤独的同伴，

却神情忧郁地站在远处，

像一个老鳏夫，身边，

依旧什么也没有。

    你们好，

年轻的陌生家族！

我已看不到你们的成长，

当你们超越我的熟人，

遮蔽它们衰老的头颅，

使路人不见它们的模样。

但让我的孙子听你们问候，

当他在友好的交谈后回家，

满怀欢乐愉快的思绪,

在黑夜路过你们身边,

把我这位祖先回忆。

(刘文飞 译)

我以为,心儿已失去

我以为,心儿已失去
感受痛苦的轻盈能力,
我说:已经过去的,
就让它过去!让它过去!
去了,轻信的幻想,
去了,欢乐和忧郁……
可它们又颤动起来,
面对这强大的美丽。

(刘文飞 译)

一八三六年

当我沉思地徘徊郊外

当我沉思地徘徊郊外,
偶然走进了公众墓地,
栅栏,柱子,华丽的坟墓,
下面腐烂着都城所有的尸体,
逝去的商人和官吏的陵寝,
成排地拥挤在沼泽地,
就像寒酸餐桌边贪婪的客人,
廉价雕刻师荒谬的主意,
墓上有或诗或文的题词,
讲的是善行、职务和官级;
寡妇恸哭戴绿帽的旧夫,
窃贼盗走柱顶松动的罐子,
湿滑的墓穴张嘴哈欠,
等待住户在早晨入土,
这一切让我思绪混乱,

恶毒的忧伤向我走近。

啐上一口，逃走……

可我多喜欢

在秋天，在傍晚的寂静，

在乡间拜谒家族的墓地，

逝者沉睡于庄严的安宁。

素朴的坟墓享受空旷；

可怜的窃贼不在夜间光临；

在长满黄苔的古石边，

村人路过时会祈祷叹息；

没有华丽的罐子和金字塔，

没有无鼻的天使和残缺的女神，

一株橡树覆盖肃穆的墓地，

摇曳着发出响声……

（刘文飞　译）

我为自己建起非人工的纪念碑[1]

> 我建起一座纪念碑。[2]

我为自己建起非人工的纪念碑,
人民走向它的路径不会荒芜,
它高高昂起不屈的头颅,
高过亚历山大石柱[3]。

我不会完全死去,珍藏的竖琴里
灵魂不腐,它比骨灰活得更长,
我将被颂扬,只要这世界上
还有一位诗人在歌唱。

1　此诗被公认为普希金的"诗歌遗嘱",有时也被冠以《纪念碑》之题。
2　原文为拉丁语,引自古罗马诗人贺拉斯的诗。
3　亚历山大纪念石柱位于彼得堡冬宫广场中央。

伟大的罗斯到处都将有我的消息,
她的每种语言都将唤起我的姓名,
无论骄傲的斯拉夫人,还是芬兰人,
通古斯人和卡尔梅克人。

我将长久地受到人民的热爱,
因为我在残酷的时代将自由歌颂,
因为我用竖琴唤起善良的情感,
我呼吁对逝者的宽容。

哦缪斯,请你听从上帝的吩咐,
不要惧怕屈辱,不要渴求桂冠,
心平气静地对待吹捧和诽谤,
不要理睬那些笨蛋。

(刘文飞 译)

曾几何时：我们青春的节日[1]

曾几何时：我们青春的节日
灿烂喧闹，戴着玫瑰花环，
酒杯的碰撞交织着歌唱，
我们坐着，紧紧挤作一团。
那个时候，心中无忧无虑，
我们全都活得轻松大胆，
为了希望、青春和各种游戏，
我们全都常常畅饮酒盏。

今非昔比：我们狂欢的节日，
像我们，随着岁月逐渐安分，
它显得谦虚，安静，老成，
节日的碰杯声也变得低沉；

---

[1] 这是普希金为皇村学校25周年校庆所作的诗。

彼此的话语已不那么调皮，
我们坐着，更稀疏，更忧郁，
歌唱中的笑声越来越少，
我们更多沉默和叹息。

物各有时：已是第二十五次，
我们庆祝皇村学校的校庆。
岁月不知不觉相继而去，
完全改变了我们的颜容！
四分之一世纪不会白过！
别叹息：这就是命运的规律；
整个世界都在身旁旋转，
难道只有人能静止不动？

朋友们，请想一想，自从
命运将我们结合在一起，
我们目睹了多少事情！
有人玩起神秘的游戏，
被激怒的民族一跃而起；
帝王们崛起又倒地；
人们的鲜血染红祭坛，
为了自由、骄傲和荣誉。

你们记否：当皇村学校成立，

沙皇为我们敞开皇后的宫殿，
我们来了。库尼岑[1]热情满面，
将我们当成沙皇的客人，
那时，1812年的风暴
尚未响起。拿破仑尚未
尝到这伟大民族的滋味，
他还在恐吓，还在犹豫。

你们记否：大军川流不息，
我们道别年长的兄弟，
满怀沮丧地返回课堂，
走向死亡的人让我们妒忌……
种族与种族在决死拼杀，
罗斯紧抱傲慢的仇敌，
莫斯科城火光冲天，
映红为敌军备下的雪地。

你们记否：我们的阿伽门农[2]
从被俘的巴黎向我们驶来。
他的面前是怎样的欢乐！
他多么优美，多么高大，
人民的朋友，自由的救星！

1　库尼岑（1783—1840），俄国法学家，曾执教皇村学校。
2　指沙皇亚历山大一世。

你们记否，一座座花园，
一眼眼活水，突然苏醒，
他在此度过他光荣的闲暇。

他已不在，他留下了罗斯，
让她俯视惊倒的世界，
拿破仑却在礁石上熄灭，
孤独的流放者，被人遗忘。
新的沙皇[1]，威严强大，
抖擞地站在欧洲的边界，
大地上空聚拢新的乌云，
它们的风暴……[2]

（刘文飞　译）

---

[1] 即尼古拉一世。
[2] 原诗未完，据当时在场的人说，普希金在聚会上朗诵此诗，读到最后泣不成声，没能读完。

啊，不，生活没有使我厌倦

啊，不，生活没有使我厌倦，
我想生活，我爱人生，
我虽然失去了韶华岁月，
我的心并没有变硬变冷。
我还保持着感受喜悦的兴趣——
为了满足我好奇的本能，
为了对万物……的钟情，
为了制造幻想中的美梦。

（高 莽 译）

（京）新登字083号

图书在版编目（CIP）数据

普希金抒情诗集 /（俄罗斯）普希金著；高莽，刘文飞译. —北京：中国青年出版社，2021.1
（新时代青少年成长文库）
ISBN 978-7-5153-6264-9

Ⅰ.①普… Ⅱ.①普…②高…③刘… Ⅲ.①抒情诗—诗集—俄罗斯—近代 Ⅳ.①I512.24

中国版本图书馆CIP数据核字（2020）第257882号

策　　划：	皮　钧　李师东
统　　筹：	马惠敏　彭宇珂
责任编辑：	刘　霜　沈　谦
书籍设计：	瞿中华

出版发行：中国青年出版社
社址：北京东四12条21号
邮政编码：100708
网址：www.cyp.com.cn
门市部：010-57350370
编辑部：010-57350509
印刷：北京中科印刷有限公司
经销：新华书店
开本：880×1230　1/32
印张：9.5
插页：2
字数：240千字
版次：2021年1月北京第1版
印次：2021年1月北京第1次印刷
定价：45.00元

本图书如有印装质量问题，请凭购书发票与质检部联系调换
联系电话：（010）57350337